琼瑶
作品大合集

青青河边草

琼瑶 著

作家出版社

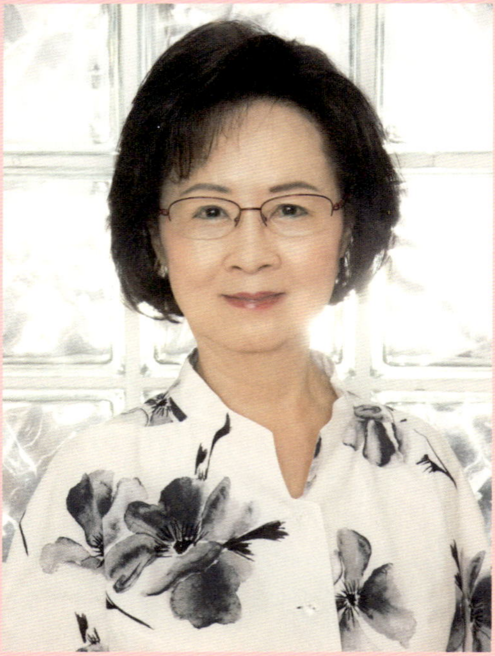

琼瑶，本名陈喆，作家、编剧、作词人、影视制作人。原籍湖南衡阳，1938年生于四川成都，1949年随父母由大陆赴台生活。16岁时以笔名心如发表小说《云影》，25岁时出版首部长篇小说《窗外》。多年来笔耕不辍，代表作包括《烟雨蒙蒙》《几度夕阳红》《彩云飞》《海鸥飞处》《心有千千结》《一帘幽梦》《在水一方》《我是一片云》《庭院深深》等。

多部作品先后改编成为电影及电视剧，琼瑶也因此步入影视产业。《六个梦》系列、《梅花三弄》系列、《还珠格格》系列等，影响至深，成为几代读者与观众共同的记忆。

琼瑶以流畅优美的文笔，编织了众多曲折动人的故事。其作品以对于梦的憧憬和爱的执着，与大众流行文化紧密结合，风靡半个多世纪，成为华文世界中极重要的文学经典。

我为爱而生，我为爱而写
文字裡度过多少春夏秋冬
文字裡留下多少青春浪漫
人世间雖然没有天長地久
故事裡火花燃燒爱也依舊

　　　　　　　　　　瓊瑤

第一章

民国十五年，河北宛平县，一个名叫东山村的小乡镇。

这正是初春时节，北国的春天，来得特别晚。去年冬天积留的冰雪，才刚刚融化。大地上，有一些零零落落的小杂草，挣扎着冒出了一点点儿绿意，但在瘦瘠的黄土地上，看起来可怜兮兮的。几棵无人理会的老银杏树，伸展着又高又长的枝丫，像是在向苍天祈求着什么。

小镇的郊外，看来有些荒凉。但是，这天的天气却很好，艳阳高照。把山丘上的岩石，都照得发亮。阳光洒下来，白花花的，闪得人睁不开眼睛。

对杜青青来说，阳光、春天，离她都很遥远。因为，她现在正坐在一顶大红花轿里，被七八个粗壮的轿夫，抬向白果庄的胡老头家里。她今年十八岁，胡老头五十八岁，正好比她大了四十岁。这还没关系，胡老头家里，已经有了一个大老婆，四个小老婆，她娶进门，将是第六个。对于这样的婚姻,她当然不可能同意,一切都是哥哥嫂嫂做的主。谁叫她从小没爹没娘,依靠着哥哥嫂嫂过日子。如今,她竟成了兄嫂的"财产"。

　　花轿摇摇晃晃地前进着,吹鼓手在前面吹吹打打,吹打得十分热闹。北方的习俗,抬花轿的轿夫,常常随着鼓乐声,唱着一首歌,歌名叫《摇花轿》。歌词往往是兴之所至,信口诌来。轿夫一边唱着,一边随着节奏,拼命地摇着花轿。目的是摇得新娘七荤八素,好向喜娘讨赏钱。现在,轿夫们就兴高采烈地唱着歌,同时兴高采烈地摇着花轿,唱得起劲极了,摇得也起劲极了。胡老头娶小新娘,不用说,这赏钱一定丰厚。他们跨着大大的步子,用浑厚的声音,大声地唱着:

　　　　抬起花轿,把呀把轿摇!
　　　　花轿里的新娘子,你听呀听周到,
　　　　花轿里的新娘子,你听呀听周到;
　　　　要哭你就使劲地哭呀,要笑你就放声地笑!
　　　　要骂你就骂干娘呀,要叫你就叫干佬!
　　　　办喜事呀,就兴一个闹,看我今天把你摇。
　　　　嗨嗨咿个呀嗨,呀嗨咿个呀嗨……
　　　　看我把你摇。哭哭笑笑,哭笑人兴旺!
　　　　骂骂叫叫兴致高,兴呀兴致高,
　　　　骂骂叫叫兴致高,兴呀兴致高!
　　　　摇得轿杆嘎嘎地响呀,
　　　　摇得新娘蹦蹦地跳!摇得像那拨浪的鼓呀,

摇得东歪又西倒！摇得新娘的花粉往下落，
摇得媒婆掏腰包。嗨嗨咿个呀嗨，呀嗨咿个
　呀嗨……
媒婆掏腰包。新娘子呀，你呀你别哭，
新娘子你快快笑，快呀快快笑，
新娘子你快快笑，快呀快快笑！
你坐花轿我来抬呀，我摇花轿为你闹。
你坐花轿我来摇呀，我摇花轿为你好。
摇得那，花儿早结子，
摇得龙蛋……呀呼嗨嗨，呀呼嗨嗨……那个往
　下掉！

　　青青坐在花轿里，已经被摇得头昏脑涨了。她既无心情来欣赏轿夫的歌喉，更无心情来倾听那歌词。她全部的思想，都集中在一件事上：不知怎样可以逃出这顶花轿？还有，就是小草……小草现在在哪里？可曾逃出她表婶的掌握？可曾在她们约定的土地庙前等她？

　　小草，小草是一个女孩儿的名字。她今年只有十岁，却是青青这一生唯一的朋友和知己。小草和青青一样，都自幼失去了爹娘，都是无家可归、寄人篱下的苦孩子。青青有对唯利是图的哥哥嫂嫂，小草有对尖酸刻薄的表叔表婶。

　　说起来，小草实在是够可怜的。她和表叔表婶的关系非常遥远，她之所以会住到这北方小镇来，完全是因为海爷爷的缘故。海爷爷没有妻子儿女，远住在南方的扬州。由于种

种原因，不能将这侄孙女儿，带在身边，就远迢迢地寄养在这表侄家里。本来，小草的日子虽然不好过，却也能勉强地挨过去。因为海爷爷每年都来探望她一次，同时也把她的生活费付给表叔。但是，今年，海爷爷没有来。海爷爷不来，小草的生活就如同人间地狱。每个日子，都是泪水堆积出来的。小草，就像她的名字一样卑微，乡下人有句俗语：生儿如美玉，生女如小草。所以，青青一旦决心要逃婚，就不能不带小草同行。

花轿仍然在摇着，轿夫仍然在唱着。走在轿子边的喜娘，已经送过去好几个红包了。喜娘越送红包，轿夫摇得越加起劲。青青觉得，再摇下去，自己的五脏六腑都会摇歪了。掀开轿帘往外悄悄一看，轿子正往榆树岗走去。榆树岗，就是这儿了！和小草约定的土地庙，就在这小山岗里。没有时间让她再迟疑了！错过了榆树岗，想再找有山有树有掩护的地方就不容易了！"喂！喂！停一下！停一下！"她掀开轿帘，不顾一切地喊了出来。"怎么回事？怎么回事？"喜娘慌张地问，轿子停在山间的小径上了。轿夫们收起脚步，停住歌声，纷纷拉起脖子上的毛巾，拭着汗水。"喜娘，你过来！"青青钻出了轿子。

"怎么下轿了？"喜娘一脸的惊讶。

"不下轿不成呀！"她把喜娘拉近，附耳悄语了几句。

"哎哟！"喜娘笑了，这可是没办法的事，"快去快回呀！不要跑远了，到那棵大树后面去就行了！"

轿夫们明白过来了，哄然大笑起来。

青青用手扯着头上的喜帕，从喜帕底下向外面张望。还好没戴上沉重的凤冠，否则要跑都跑不了。她迅速地四下打量，果然，前面有一棵大榆树，先跑到榆树后面再说。她匆匆忙忙地奔向榆树，心脏像摇鼓似的怦怦跳着。此时才觉得一切的计划实在太大胆，简直不敢想象，万一逃亡失败要怎么办？她一脚高一脚低的，总算奔到了大树后。身子后面，响起轿夫们粗犷豪迈的大笑声：

　　"新娘子给我们这样一摇一闹，给摇得闹肚子了，哈哈哈哈……"青青隐在树后，伸着脖子往花轿的方向看去，只见轿夫们解下腰间的酒葫芦，已经大口大口地喝起酒来。此时不跑，更待何时？青青心一横，弯着腰，飞快地向山后奔去。早在三天前，她已和小草勘察过榆树岗的地形。但，事到临头，她却连东南西北都顾不得了。跑啊跑啊跑……抛掉了喜帕，她迈开大步，从来不知道自己能跑得这么快。

　　"哎呀！不好了！新娘子跑掉了！"喜娘一声尖叫，吓得青青魂飞魄散。跑啊跑啊跑……她脚不沾地，绕过树丛，翻过岩石，穿过荆棘……一直往后山的小土地庙跑去。心里疯狂般地祷告着：观音菩萨啊，玉皇大帝啊，你们保佑我逃得成啊，还要保佑小草没出差错啊……

　　"追啊！大家快帮忙追新娘子啊！如果给她跑了，我怎么向胡老爷交代呀！"喜娘呼天抢地地嚷着。

　　"追啊！大伙儿追啊……"轿夫们撒开大步，追将上来。

　　跑啊跑啊……青青早已跑得上气不接下气。

　　"青青！青青！"蓦然间，小草从土地庙旁窜了出来，手里挥舞着一个小包袱，又跳又叫，"你怎么到现在才来？我已经等得快急死了……""别叫！谢谢老天，你在这儿……"青青一把拉住小草的手，没命地就往山下急冲而去。

小草来不及再说任何话，就跟着青青一阵没头没脑地狂奔。这一番亡命奔逃，在青青和小草的生命里，是一件旋乾转坤的大事，从此改写了两人的命运。不，她们不只改写了她们两个的命运，还改写了何世纬的命运。

就在青青带着小草奔逃的同时，何世纬正躺在一辆马车里睡觉。何世纬，毕业于北京大学，出身于书香门第，是北京望族何远鸿的独生子。从他出生到现在二十四年以来，这还是他第一次离开北京出远门。他的目的地是广州，当时，广州正是知识青年趋之若鹜的地方。到底去广州要做些什么，他并没有确切的打算。只知道，唯有快速离开像温室一般的家庭，才能找到独立的自我。为了怕父母阻挠他的追寻，他只好留书出走。又怕家丁们发现他的行踪，而把他追回家去，他不敢去车站，拎着一口大皮箱，他一路步行，到了这东山村的郊外。就在他已经走得筋疲力尽的时候，他看到了那辆马车。这是一辆农民们工作用的马车，既无车篷，也无座位。它停在一个农庄门口，车上堆满了稻草。车夫大约去吃饭了，四周没有半个人影。那匹瘦瘦的马儿，自顾自地咀嚼着干草，甩着它大大的尾巴。何世纬见此，心中不禁一喜：管他呢，先去稻草堆上躺躺再说。等会儿马夫来了，再和他商量，搭一段便车。于是，何世纬爬上了马车，把自己那口皮箱枕在脑袋下面，他钻进了草堆。他只想稍稍休息一下。但，他太累了，四肢一放松，竟然沉沉睡去。

车夫什么时候回到车上的，他并不知道。车夫也没发现车上多了一个人，上了驾驶座，就径自拉动马缰。车子开始慢慢吞吞地、不慌不忙地往前走去。那轻微的摇晃，使何世纬睡得更加沉酣了。他是被一阵喧闹之声惊醒的。只听到一个小女孩的声音，急促地、喘息地却是十分清脆地大嚷着：

"青青！青青！有马车！有马车呀！我们快跳到车上去！快呀……"一阵脚步杂沓。有人攀住了车缘，车子晃动了一下，另一个女孩急迫地大喊着："跳！跳！跳！跳啊……"

说时迟，那时快，突然之间，就有个女孩跃上车来，重重地压在何世纬身上。何世纬这一惊非同小可，不禁失声惊叫："哇呀……"他这样一"哇呀"没关系，那小女孩吓得差点又跌下车去。嘴里跟着他大叫："哇呀……"一连两声"哇呀"，把那正攀住车缘往上爬的青青硬是吓得摔了一跤。小草急忙伏在车板上，对车下的青青伸长了手：

"青青！快上来啊……把手伸给我！快啊……"

何世纬震惊地看过去，只见到青青狼狈地爬起身，没命地追着马车跑。在青青的身后，隐隐约约还有很多追兵。一时之间，何世纬有些迷糊，完全搞不清楚状况。但是，出于一种本能，他想都没想，就对青青伸出手去，大声喊着：

"这儿这儿！手给我，我拉你上来！"

青青伸长了手，在世纬和小草奋力拉扯之下，连滚带爬地上了车。"快！快！"青青喘吁吁地急喊，"有人追我！让马跑快一点！我非逃不可，被捉回去就没命了！"

世纬回身一跃，上了驾驶座。

"车夫！救人要紧！我等会儿付你车钱！"他不知为何，很相信青青是在生死关头。一把抢过缰绳，他大声呐喝："驾！驾！驾……"事生仓促，车夫见车上突然冒出三个人来，简直是目瞪口呆。马儿在呐喝之下，撒开四蹄，如飞而去。马车扬起好一阵的灰尘，车轮滚滚，只一会儿工夫，后面的追兵，已完全看不见了。青青、何世纬、小草三个人，就是这样遇在一起的。人生所有的故事，都是从一个"遇"字开始的。他们的故事也不例外。

第二章

对何世纬来说，遇到青青和小草，不但是一个大大的意外，而且，是一连串"麻烦"的开始。

"麻烦"必须从头说起。

那天，那惊慌的马车夫如此愤怒和抱怨，使何世纬狠狠地破了一笔小财，才把他给打发了。当车夫扬长而去，何世纬才发现，他们三个，正站在一条黄沙滚滚的乡间小路上，前不着村，后不着店。时间大概已是午后两三点，何世纬早已饥肠辘辘。他看了看青青和小草，此时才觉得这一大一小两个女孩子有些诡异。小草一身粗布衣裤，背着个小布包袱，虽是衣衫简陋，却长得明眸皓齿，楚楚动人。青青就十分奇怪了：一身红衣红裳，上面还绣着花花朵朵，头发梳得亮光光的，绾着发髻，鬓边还插了朵大红花。这种装扮，对生长在深宅大院里的何世纬来说，实在是挺陌生的。这青青姑娘，看来不过十七八岁，怎么涂脂抹粉擦口红？乡间的姑娘，不是应该荆钗布裙,不施脂粉的吗?何世纬一肚子狐疑,忍不住问:"刚刚那些追你们的人,到底是谁?他们为什么要追你们呢?"

青青还来不及回答,小草已经天真地接了口:

"他们是追青青的,因为青青不能嫁给胡老爷……"话还没说完,青青一伸手,就拉住了小草,阻止地说:

"别跟人家说这些!又不认得人家!"

哦?刚刚还要人救命,现在又不认得人了?何世纬心中掠过一抹不满的情绪。心想,我还没嫌你来路不正,你倒先嫌弃我来了!也罢,这时代好人做不得。目前,自己已经自顾不暇,又何必多管闲事?想着,他就冷冷地开了口:

"不说就不说,我也没时间没心情来管你家的事!现在,你们走你们的路,我走我的路!再见!"说完,他掉头就走。

"喂喂喂!"才走了几步,身后又传来那位青青姑娘的呼喊声,"等一下!等一下……"

"怎么啦?"他站住,回头问。

青青牵着小草,三步两步地追上前来。

"是这样的,"青青碍口地说,"我们身上都没有钱,我看你带的钱还不少,不知道可不可以……可不可以……"青青突发奇想,迅速地摘下手腕上的金镯子,脖子上的金链子,和耳朵上的金耳环:"我拿这些东西,跟你当当,你当一点钱给我,好不好?""当当?"此事实在太新鲜了,太不可思议了。"你看我像开当铺的是吧?"他没好气地问。

"那么……那么……"青青更加碍口地说,"我把它们卖给你!""卖给我?"何世纬啼笑皆非,"你看我像开金铺的是吧?"

"你这人怎么这样难缠?"青青有些恼怒起来,"总之,就是我们没有钱,拿这些跟你换一点钱用嘛!"

"那么……"何世纬去掏口袋,"我帮助你们一点钱就是了,用不着当你的首饰!"

青青立即倒退了一大步。

"不!"她坚决地说,"要么,东西你拿去;要么,就算了!"

脾气还挺坏的呢!何世纬收起了钱袋。

"好吧,那我们就各走各路了。"

他往前走去。走了一段,听到身后有脚步声。回头一看,两个女孩子默默地跟在他后面。

"喂!你们到底是怎么回事?一个大姑娘带着一个小姑娘到处乱跑是不对的,你们为什么不回家去呢?"他不耐地说,"拜托你们别跟着我行不行?"

"可是,可是……"小草嗫嗫嚅嚅地开了口,"我们已经没有家了!""没有家?"何世纬怔了怔,"好端端的人,怎么会没有家呢?""是这样的……"小草刚说了一句。

"不要跟他多说了,"青青又扯住小草,"你没看到他一脸凶巴巴要吃人的样子吗?"

"哈!"他快被这不讲理的、莫名其妙的姑娘给气死了,"我凶巴巴要吃人?我看你才莫名其妙呢!也不知道为什么被人追得满山跑,身上的首饰,也不知道来路正不正……"

"哼!"青青脸色都发绿了,"小草,我们走!"

"不行呀！青青！"小草急急地说，"就这么一条路，如果我们往回走，你又会被胡老爷捉去当小老婆的！我们只能往前走呀！"说着，她就挣脱了青青的手，直冲到何世纬的面前，仰着小脸，很认真地、焦急地说："那些首饰，是青青的聘礼，不是我们偷的。青青被杜大哥卖给胡老爷当老婆，可是胡老爷已经有好多好多老婆了，青青没办法，才跳下花轿逃走的……""什么？"何世纬大吃了一惊，从花轿上跳下来逃走？他定睛对青青看去，这才恍然大悟，那一身绣花的红衣，根本就是农村姑娘的新嫁裳嘛！怪不得她搽胭脂抹粉的。何世纬对于自己曾有过的揣测，不禁感到一阵汗颜："你就这样跳下花轿逃走？真的吗？"青青抬眼看看何世纬，微微嘟了嘟嘴。

"反正就是没办法嘛，那胡老头比我大了四十岁，怎么能嫁嘛？前几天就想跑了，可是被我哥哥嫂嫂锁在房间里，一点机会都没有……只好等花轿来抬的时候，半路上找机会跑……谁知道那些轿夫会一直追过来！"

"那么，"何世纬无法置信地看看青青，又看看小草，"你们两个是姐妹吗？""不是的，"答话的是小草，"我们是邻居，住在紧隔壁。不过，青青好疼我，对我比亲姐姐还亲……"

"这又是没办法的事，"青青接话，一脸的"理所当然"，"我们都没爹没娘，我可怜，她比我还可怜！小小年纪，成天叫她表叔表婶使唤来使唤去，挨打挨骂的。平常我看不过去，能帮着就帮着点儿，现在我一走，谁还来帮她？所以我非带着她不可，就算要跟着我吃苦，好歹赛过跟着她表叔表婶。"

小草仰着脸，专注地看着青青，满脸依恋之情。何世纬不禁听得呆了。对这两个女孩儿，打心底感动起来，也佩服起来。"那么，你们预备逃到哪儿去呢？"

"我有个海爷爷，"小草热心地回答，"那也是真疼我的人。他住在扬州一个叫傅家庄的地方。本来每年过年的时候，他都会来看我的，今年不知怎么了，他一直没有来。我们现在就要找他去！"何世纬实在惊奇，扬州！那儿远在江南，这两个女孩子身无分文，竟想远迢迢走到扬州去！他怀疑，这青青和小草，大概连一点儿地理常识都没有。扬州在东南西北哪个方向，恐怕都不知道。他正沉吟中，青青已经沉不住气了。她往前一冲，手里还托着她的金项链、金手镯。

"喂喂！"她气急地说，"你问东问西，问了个大半天，我们把所有的事都告诉你了，你现在到底帮不帮忙？肯不肯当当呢？"搞了半天，她还要当当啊？何世纬瞪视着青青，一时之间，没有反应过来。"我看你根本就无心帮忙，"青青忽然生起气来，"算了算了，小草，我们走，不要理他了！"她拉着小草就要转身离去。

"可是，可是……"小草急切地说，"我们往哪儿走啊？"

"反正不跟他走一路就对了！"

怎会有脾气这么坏的姑娘？何世纬心中有气，还没说什么，小草已一把抓住青青，哀求似的说：

"你怎么突然就生气了呢？我看这位大哥哥是好人……"

"那可不一定，"青青接话，"藏在马车上，带着口大皮箱，谁知道他打哪儿来的？""很好，"何世纬忍着气说，"我是坏人,你别理我。小草,你过来,我有话跟你说!"

小草很快地往前走了一步。

"你们要当当是吧?我不想跟你这个凶姐姐做生意,但是,我可以跟你做,你有什么东西,可以当给我的吗?"

"我?"小草神色一黯,"我什么都没有呢!"

"想想看,什么东西都成,随便什么都行!"

"我……我……"小草突然想到什么,从领口拉出一个贴身荷包,"我只有这个,是我最宝贝的东西!"

"里面是什么?"何世纬好奇地问。看了青青一眼,此时,青青一语不发,显然,正观望着何世纬葫芦里在卖什么药。

小草把荷包拿下来,拉拉线绳,松开荷包口,把里面的东西倒在路边一块大石头上,一样样地解说:

"这是海爷爷怀表上取下来的链子,海爷爷送给我玩的。这是海爷爷买给我吃的糖,裹糖的纸好漂亮,我舍不得扔。这是海爷爷用过的车票,我海爷爷每年都是坐火车来看我的,所以我觉得很宝贝。这是海爷爷的一根白头发,是我第一次帮他拔的,这是……"小草捡起两颗彩色的玻璃弹珠,两眼闪烁着光彩,十分骄傲地说,"这是海爷爷从庙会上买给我的弹珠,是我所有的东西里最漂亮的了!"她一抬头,发现何世纬紧紧地盯着她看,一句话也不说,不禁心虚起来:"你都不喜欢是不是?因为它们都不值钱是不是?"

"不不不!"何世纬急忙说,觉得自己喉咙哑哑的,"我喜欢,我太喜欢了,它们简直是无价之宝!""什么宝啊?"小草听不懂。

"别管它什么宝了,反正我愿意让你当当就是了!"何世纬从口袋里掏出钱来,开始计算,"让我们来算算可以当多少钱……你们要去扬州是吧?扬州要先去天津搭火车,你们需要买车票的钱……这京浦铁路不知道是不是全线通车,如果不是全线通车,就很麻烦了……你们可能要走路,要住客栈,要乘船什么的……"他抬起头,忽然住了口,发现那凶巴巴的青青,这一会儿一点也不凶了,她的眼光痴痴地看着小草的荷包,眼里竟盈盈含泪。那份心痛和难舍的表情,使何世纬的心脏紧紧一抽,说了一半的话,也说不下去了。

青青走了过来,抬眼看着何世纬。

"请你收了我的首饰吧!"她恳求般地说,"就是别动小草的荷包!这些首饰对于我,没有什么重要性,可是那个荷包对小草……""你把我看成什么了?"他面红耳热起来,"我怎么会拿走一个孩子看得比生命还重要的东西?何况这每一件东西里,都有她海爷爷的影子,这孩子所收拾起的,分明是最宝贵的记忆呀!"他帮小草把那些宝贝再一样样收回到荷包里,深深注视着小草说:"这些东西还给你,钱呢,算我借给你的,反正,我知道你在哪儿,扬州的傅家庄嘛……"他顿了顿,再看了青青一眼:别惹麻烦,他心里有个小声音在警告着,但,那声音实在太小了,小得没有丝毫作用。他叹了口气,正色说:"我看,我们需要找一份地图,好好地研究研究……从这儿到扬州,到底要怎么走?"

地图是从帽儿村的乡公所里找来的。

何世纬一看地图,头都有些发晕。当他摊开地图向两个女孩子解释路径时，这才发现，青青和小草，都不认识字。本来嘛，那个年代的农村姑娘，谁会受教育呢？两个女孩看看地图，就彼此大眼对小眼，一副好无助的样子。何世纬只得不厌其烦地对她们说："记住了，这条铁路并没有办法送你们直达扬州，从天津到静海通车，静海到沧州不通车，你们要走路到德州，然后搭车去济南，济南到徐州应该不成问题，徐州到寿县就要碰运气了。如果火车不通，你们最好去车站搭黄鱼车。记住，到了浦口一定要换船去瓜州，到了瓜州要再换船才能到扬州……你们记住了吗？"青青瞪大眼睛看小草。小草一个劲儿直咽口水。当何世纬对她们疑问地看过去时，小草忍不住地开了口：

"大哥哥，我看你是个很好很好的人，你能不能陪我们去扬州呢？到了扬州，找着我海爷爷，他也可以把钱还给你，这样好不好？"小草仰着小脸，一脸的恳求。

"不好，不好。"他有些急促地说，"我已经为你们耽误了太多时间了！这样吧，我送你们到静海，然后各走各的路！"

他们三个，在静海郊外分的手。虽然小草一直哀声说：

"大哥哥，你真的不跟我们一起走吗？有你做伴儿，我们就不会害怕了！你真的真的不跟我们一起走吗？"

"小草！"青青见何世纬一脸难色，出面阻止，"你不要为难别人了，你还有我呢，害怕什么？""是啊！"何世纬这一路上，和青青拌嘴都拌成习惯了，"小草，你放心，你这个姐姐很厉害的，谁也不敢欺负她的！她一定能把你平安带到扬州，好了，再见！希望你顺顺利利找到你海爷爷！""不管怎样，谢谢你！"青青深深看了世纬一眼，生怕自己表现得太软弱，她重重地甩甩头，拉着小草就往前走去。小草年纪尚小，完全不会隐藏自己的感情，她一步一回首，十分依恋地看世纬。就是这样依恋的眼光，使世纬走了一段之后，又心有不安地折回头来。这一折回头，才发现这两个小姑娘，简直是谁也保护不了谁。因为，青青和小草，才走了短短一段路，就被两个流氓给盯上了。那两个流氓从路边草丛里窜出来的时候，天气已经有些昏暗了。他们把路一拦，四只眼睛都邪里邪气地紧盯着青青，青青立刻知道，麻烦大了。

"你们要干什么？"她戒备地问，"我爹就在附近，你们可别惹我！""好哇！"一个流氓大笑起来，"那你快请他出来，我好见见我的岳丈，给他请安！"说着，他就伸手去捏青青的下巴。

青青往后一退，另一个男子从后面一把握住了她的肩。

"哈哈！这么漂亮的姑娘，咱们村子里就从来没见过！我说今儿个有桃花运嘛，哈哈哈哈……"

"放开我姐姐，"小草开始大叫，"我大哥马上就要来了，我大哥又高又大，一拳就会把人揍扁的……他好厉害好厉害的……""哇呀！"前面那个男子叫，"不得了，还有哥哥呢，快请你哥哥出来呀，让我一起请安……"

话还没说完，斜刺里，何世纬已急冲出来，一拳就挥向那个男子，嘴中大吼着："你们就跟我请安吧！太可恶了……"

"大哥大哥！"小草大喜过望，跳着脚又叫又嚷，"你快揍他们！快揍他们……"这一下变生仓促，两个流氓不禁一

17

呆。但是，刹那间，他们就恢复了神志，顿时大怒起来。

"从哪儿钻出来的冒牌货，敢破坏老子的好事！咱们摆平他！"接下来，是一场大战。可怜，何世纬长这么大，还从没有和人打架的经验，这回是首开纪录。这场架到底是怎么打的，他后来一点都弄不清楚，只知道打得毫无章法可言。而且，因为他实在不怎么厉害，接二连三挨了好几拳头，使青青和小草无法袖手旁观了。她们两个，也卷进了战场，势如拼命。一个死命地扯住流氓的头发，另一个则张开大嘴用牙咬。这一番蛮打蛮干确实"惊天动地"，但是，何世纬却并没有占到任何优势。他只记得，最后，有一个流氓，抄起路边一根碗来粗的大木棍，一棍敲破了他的头，把他当场敲晕了过去。醒来的时候，他躺在一条小溪旁边，青青和小草一左一右，拿了沾水的毛巾，不住地帮他擦着伤口。旁边还围了好几个樵夫在观望。一看到他睁开了眼睛，青青立刻欢呼着说："好了好了，你总算醒了，谢天谢地！"

"大哥，"小草激动得快流泪了，"你好伟大啊，你好勇敢啊！你一个人打他们两个……你救了我们……可是你的头被打破了，怎么办？你疼吗？你很疼吗？"

"放心，"一个樵夫过来拍拍小草，"你大哥是皮肉伤，不会有事的。先去我家休息休息吧！"他注视着何世纬，"幸亏咱们从这儿经过，才把那两个坏东西赶走了。小兄弟，你们兄妹三个，是打哪儿来，要到哪儿去呀？"

"我们……"他想说明，他们非亲非故，也非兄妹，但是，他却说了，"我们从北京来，要到扬州去！"

"大哥……"小草兴奋得涨红了脸,"你跟我们一块儿去吗?""是的!"他握着小草微颤的手,看着青青湿润的眼睛,"我和你们一块儿去!"

第三章

傅振廷是扬州傅家庄的主人。他今年五十五岁。在扬州，他是个有头有脸的人物，家财万贯。他除了有一栋极大的庄园以外，还拥有丝厂、绣厂、茶园和农地。一个像他这么成功的男人，应该在生命里是没有什么缺陷的。但是，傅振廷却是个非常不快乐的人。十年前，他的独生子元凯死了，从此，他就不知道生命里还有什么可以追求的东西。更糟糕的，是他那可怜的老妻静芝，在早也哭晚也哭的情况下，竟把眼睛也哭瞎了。静芝眼睛看不见了，脑筋也跟着迷糊起来，必须靠月娘一步一跟地扶持着。偌大的一个傅家庄，有家丁、有丫头，婢佣成群，但是，却没有笑声。傅家庄里有的，只有男主人的咆哮，和女主人的哀啼。这是一个充满了悔恨和痛楚的地方，一个永远笼罩在死亡阴影下的庄园。

这天，傅家庄却来了三个意外的访客。

这三个意外的访客，竟带来了一个傅振廷完完全全意外的结果。当世纬、青青和小草站在傅家庄的大门前,看着那蜿蜒的围墙,和深不可测的庭院时,三个人都有些讶异。如果不是门上清清楚楚悬挂着一块大匾,上书"傅家庄"三个字,世纬一定不敢冒昧打门的。真没想到,小草有如此阔气的亲戚。经过了将近一个月的跋山涉水,三个人都风尘仆仆,世纬尤其显得狼狈,因为,他头上的伤口一直没有好好治疗,现在疼得厉害,而且,四肢无力,浑身发烫。

来应门的是傅家庄的管家长贵。

"你们找谁呀?"他惊讶地问。

"请问,有一位李大海先生,是不是住在这儿?"世纬彬彬有礼地问。"李大海?"长贵这才明白过来,"李大海不在这儿了,走啦!"他说着就要关门。"喂喂,等一等!"世纬急忙用脚顶住门,"什么叫走了?他不是这傅家庄里的人吗?"

"傅家庄里的人?看你怎么说。他姓李,咱们老爷姓傅呢!都是给人当差的罢了!总之,他现在人不在了,走了……"

"怎么走了呢?"小草已急急地跨上前来,"我海爷爷告诉过我的,这里是他的家呀!他怎么会不要自己的家呢?"说着,这孩子就焦灼地大声呼叫起来:"海爷爷!海爷爷!你在哪儿呀?我是小草啊!我来找你了!海爷爷!海爷爷……"她忘形地就往花园里冲去。"呔!"长贵勃然变色,"跟你们说人不在了就是不在了,怎么往里面乱闯呢?""小草!"世纬也急忙呼叫,"不要心急,让我们问清楚了再说!""小草!小草!"青青追进了花园,拉住急奔的小草。

正在纠缠不清,月娘扶着静芝过来了,老太太眼睛虽然失明，耳朵却很灵敏："什么事情吵吵嚷嚷的，月娘，你快去看！"

"长贵，什么事？别吓着太太！"月娘喊着。一眼见到世纬等三人，不禁一怔。傅家庄除了隔壁裴家的人常来走动以外，经年累月，都见不着生面孔的。

"对不起，我们是来寻亲的。"世纬上前一步，忙着对两个女士行礼，"这个女孩名字叫小草，是李大海的侄孙女。从北方一路跋涉到扬州来，为的是和亲人团聚，听说李大海已不在府上，不知道能不能告诉我们，他去了哪里？"

月娘还来不及回答，静芝已颤巍巍地走上前来，全神贯注地、非常紧张地倾听着，整个人都陷入某种莫名的兴奋里。

"是谁？是谁？"她喘着气问，"我听到一个年轻人在说话！是谁？是谁？"她摸索着伸出双手，想抓住那年轻人的声音。"天啊！"她喊着，"你在哪里？说话啊！让我再听清楚一点！说话啊……""太太！太太！"月娘一把握住静芝捞着空气的双手，"是三个客人，不认识的，他们是来找大海的……"

"不要拦我！"静芝挣扎着喊，"说话啊！为什么不再说话了？求求你，说话啊……"她哀求地面向着世纬。

世纬实在是太震惊了。他瞪视着面前这瞎眼的老太太，简直不知道要怎么反应。小草也吓得缩到青青怀里去了。静芝一步步向世纬逼近，声音几乎是凄厉的：

"你说话啊，不要戏弄我这个瞎眼的老太婆啊！"

"好好，我说我说……"世纬被静芝的急切所震动了，匆促地开了口，"这位老太太，我想你一定弄错了我的声音……

事实上，我只是一个陌生人……"

"陌生人？"静芝深深地抽了口气，整个人更加绷紧了。所有的思想意识，都被一份强烈的期盼和回忆所攫获了。"不！不！不！"她哀声狂叫，直冲上前，准确地一把捉住了世纬的手腕，"你怎么还说你是陌生人？你不是陌生人，你是我的儿子元凯啊！你回来了！谢谢天！你终于回来了！元凯呀！我等你等得好苦呀……"世纬太震惊了，被这等意外，弄得手足失措。他拼命想挣脱老太太的掌握，觉得自己的头更痛更晕了。

"老太太，你认错了人，我不是什么元凯，我姓何，名叫何世纬……我从北京来的……"

"太太！太太！"月娘扑过去，也紧张地去扳着静芝的手指，想把世纬从这份纠缠中给解救出来，"这不是少爷啊！你认错了，真的认错了！快放手呀……"

"我没有认错！"静芝落下泪来，"我自己的儿子，我怎么可能认错呢！元凯啊！我知道你恨我们，你不肯原谅我们，可是……你是我的儿子啊，你不能连娘都不认呀……"

"这位老太太，"青青再也忍不住，冲上前去帮月娘的忙，"你快放开世纬，他怎么会是你的儿子呢？他这还是第一次来扬州，第一次来傅家庄呢……"

"是呀是呀！"小草慌张地接话，"我们是来找我海爷爷的！""你是谁？"静芝的脸转向了青青，厉声地问。

"我？"青青吓了好大一跳，结舌地说，"我是……我是……我是他妹妹！""不！"静芝有力地说，"你是漱兰！"

天啊！这是怎样的误会，越来越缠夹不清了。月娘转头对长贵急急地说："没办法了，你快去把老爷找来！"

"是！"长贵急忙转身而去。

这边，青青和静芝开始各说各的。

"我不是什么兰，我的名字叫青青……"

"你连名字也改了？好吧，青青绿绿都没有关系，我承认你了！你就是我的媳妇儿，行了吧？"

"不对不对，"青青更急了，"我不是你的媳妇儿……"

"住口！"静芝一声大吼，青青又吓了好大一跳，"走开走开！"她突然把世纬紧紧抱住，悲恸欲绝地喊着："你们已经回来了，我也已经承认你是媳妇儿了，你就不要再跟我抢，跟我争吧！以前的事，都是振廷的错，怪不了我呀！元凯元凯，你不要不认我，你看看我的眼睛，难道它们还不能告诉你，我是多么思念着你的吗……"

"老太太……"世纬头昏脑涨，脸色发青，"拜托你，请你不要再摇我了，我实在弄不清楚这是怎么回事……可是，我很不舒服，我已经天旋地转了……"

"是呀，婆婆，"小草着急地插了嘴，"大哥的头受了伤，还没好，请你不要摇他呀……"

"什么？受伤了？"静芝立刻恐慌起来，"什么地方受伤了？给娘摸一摸……月娘，月娘，快叫长贵去请大夫！快呀……"

正闹得不可开交，振廷匆匆忙忙地赶来了。

"静芝！不许胡闹！"他十分威严的一声大喝，把所有的人都镇住了，"你吃了药没有？怎么糊涂到这种地步？抱着别人成何体统?还不快放手?放手!"他大声命令着,"你听到了吗?放手!"静芝呆了两秒钟,面有惧色。她的身子缩了缩,似乎想松手。可是,才松开一点点,她又反手更紧更紧地抱住了世纬,回头对振廷悲切之极地、哀怨之极地说:

"十年前你已经拆散过我们母子一次了,这次,我说什么也不让你再拆散我们!你可以杀了我,但是不能逼我放掉元凯,我不放,不放!""你疯得不可救药了!"振廷大跨步上来,不由分说地就去拉静芝的手,"你放手!快放手!"他又拉又扯。

"不放不放!"静芝牢牢抱住。

两人你来我往,把世纬弄得像拨浪鼓似的转个不停,一边站着的青青和小草,简直看得目瞪口呆。

世纬张着嘴,想说什么,想摆脱这两个老人的纠缠,但他什么也来不及说。本已头昏脑涨的他,此时再也支撑不住,只觉得眼前金星乱冒,耳中钟鼓齐鸣,人就昏厥了过去。

第四章

世纬病倒了。在记忆里,世纬从小到大,几乎是无灾无病长大的。这次离家出走,他想"体验人生",可真是"体验"到了不少。第一次遇到从花轿上逃下来的姑娘,第一次和人打架,第一次到了江南,第一次被人误认成了儿子,还第一次病倒在一个陌生的家庭里。怪不得古人说读万卷书不如行万里路,原来,"行万里路"还可以有几万种稀奇古怪的遭遇。

世纬一连几天,都病得昏昏沉沉。可是,他并没有完全人事不知。他躺进了一间古色古香的卧室,四壁挂满书画,靠窗一张大书桌,桌上文房四宝,一应俱全。他在瞎老太太左一句"元凯回来了!"右一句"还好,元凯的房间,我天天都收拾的!"这种念叨里,知道自己躺进了元凯的卧室。然后,自己的床边,就日日夜夜围满了人,一会儿是大夫来诊病,一会儿是丫鬟来送饭,一会儿是振廷来探视……至于那位瞎老太，几乎日日夜夜，守在床边，衣不解带。这还不说，由于看不见，又由于恐惧，她总是用手攥着世纬的衣袖，攥得那么紧，不肯稍稍松手。好几次，她被振廷下令拖走，她就一路哀号着哭出门去："月娘！月娘！"她惨烈地喊着，"帮我求求老爷吧！他现在讨厌我，都不肯听我的！但是，他会听你的！月娘……只要让元凯留下来，我什么都可以不计较，我连女主人的位子，都可以让给你……""太太啊！"这种凄厉的哭号一定换来月娘悲切的痛喊，"你要让我死无葬身之地吗？你是主人，我是奴才呀！月娘要有丝毫僭越之心，老天会罚我不得好死……"

"这说的是些什么话！"振廷恼怒地咆哮着，"你们嫌这个家里的悲剧还不够多吗？这样胡说八道，不知忌讳！来人呀！荷花、秋桂、银杏……你们给我把太太拉回房间去！月娘，你守着她，给她吃药……""我不要吃药，不要吃药……"静芝哭喊着，被一路拖出门去，"我已经好了，元凯回来了，我就什么病都没有了！我没有疯，我现在脑筋清清楚楚……振廷，我给你跪下，给你跪下！求求你，让我们母子团聚吧……"

这样子的喧闹，每天总有两三回。世纬真不了解，自己怎么会卷入这个家庭的悲剧里？他真希望，自己快点好起来，可以脱离这个是非之地。这样，到了第四天，他的烧退了，人也清醒了。那天下午，一觉睡醒，触鼻而来的，是一股药香，还没睁开眼睛，就听到了小草的声音，在低低地说：

"好不容易，就剩咱们两个陪着大哥了。这几天，房间里都挤满了人……我以为，那个瞎婆娘就够吓人了，没想到，傅老爷那么凶，更加吓人！"

"嘘！"青青一边扇着药炉，一边轻声警告，"不要在背后批评人家，当心给人听见！我看老太太马上就会过来的，月娘根本看不住她……""我们怎么办呢？青青？"小草可怜兮兮地问，"海爷爷又找不着，大哥又生病了……你说，海爷爷会不会去东山村找我呢？咱们要不要回东山村去呢……"

"不要！"青青着急地脱口而出，"小草，咱们都回不去了，你想，这一路，一会儿坐火车，一会儿乘船，一会儿搭黄鱼车，一会儿走路……山山水水经过了多少，大哥会看那张图，还走了这么久才到扬州……咱们两个，怎么找得着路回去？何况，我回去了准没命，我是怎样也不回去的，你呢……"

"我要跟你在一起！或者……"小草挺没把握地说，"海爷爷会回到傅家庄来……会不会？会不会？"

"我听月娘说，你海爷爷在傅家庄当管家，做了好几十年呢！他是和老爷吵架，才离开的！说不定气消了，他就回来了！我想，我们最好留在傅家庄等等看，就是不知道人家让不让咱们留……""只要大哥肯留，咱们就留下了，是不是？……"

听到这儿，世纬听不下去了，睁开眼睛，他一骨碌坐起身子，接口说："不行不行！我马上就要走……"

"大哥！"小草惊喜地喊着，扑了过来，"你醒了吗？你好了吗？头还疼吗？让我摸摸看还有没有烧……哇！烧退了的！青青！青青！"她喜悦地大喊，"大哥不发烧了！他醒了的!"

青青端着一碗药,笑吟吟地站到床前来。

"哇!"青青眉头一展,眼睛里闪烁着阳光,"套一句小草的话,你这一病,还病得挺吓人!来,快趁热,把这药喝了吧!"世纬凝视着青青,和她结伴同行了一个多月,两人一路抬杠抬到扬州。此时,看到她满脸绽放的光彩,不禁心中怦然一跳。如此青春,如此美丽,如此充满了朝气和热情的脸庞……真是,像前人的词句:"其奈风流端整外,还更有,动人心处!"想到这儿,世纬猛地一震,脸孔竟然发热了。

"是!"他正了正身子,"让我赶快吃药,等我身子一好,我就要走了!"他三口两口把药喝了。再抬起头,青青脸上的阳光已悄然隐去。她低头默默地收拾药碗药罐,一语不发。小草已急急忙忙去拉世纬的衣袖,解释地说:

"大哥,你已经被瞎婆婆当成儿子了!月娘说,如果你肯留下来,安慰安慰瞎婆婆,说不定她就会明白过来。我和青青,想留在这儿等海爷爷,所以,大哥,你可不可以陪我们……""不行不行!"他急躁地说,"这个是非之地,我一分钟都待不了……"他伸手去怀里掏,掏了一个空。

"你在找什么?"青青板着脸问。

"我的钱袋呢?""我帮你收着呢,"青青走到书桌前面,打开抽屉,拿出钱袋往他身上一摔,"没有人会拿你的钱的!"

"不是这样的!"世纬解释着,"我把钱留一半给你们,我带一半走……""你预备用钱打发了我们,就这样掉头走了是不是?"青青眼圈儿涨红了,"好不容易侍候到你烧退了,伤好了，你就准备不管我们了，是不是？"

世纬怔着，还没说话，小草已慌慌张张地接了口：

"好嘛，好嘛，你们不要吵架了嘛！大哥，要走大家就一起走嘛，我不等海爷爷了，咱们三个一块儿走！"

"不不不！"世纬急促地说，"我已经把你们送到扬州了，仁至义尽。现在我是泥菩萨过江，自身难保。怎么能带了你们两个，一路去广州呢？你们留下来，我走！天下没有不散的筵席……""不要嘛，不要嘛！"小草着急地把世纬一抱，泪珠就扑簌簌滚落，"什么不散的筵席？哪儿有筵席？我们不散就是不散！你要走，一定要带我们一起走……"

"谁要走？"门外传来静芝尖锐而战栗的声音，所有人都吓了一大跳。世纬的心猛然一凉。惨了！这位瞎老太太又来了！他看过去，静芝颤巍巍地冲进房来，后面紧跟着月娘和振廷。"元凯！你说你要走，是吗？为什么？为什么啊？"她尖声呼号，"难道你专程回来一趟为的是要惩罚我吗？因为我当年没有为你力争到底，所以你要这样子叫我心碎，叫我痛不欲生，是不是？"她攥住了世纬的手，紧紧地握着，"不不！我这次再也不会让你走，我宁愿死也不会让你走……"

"这位少爷！"月娘扑过来，哀求地看着世纬，"你发发善心，救救我们家太太吧！请你暂时不要提走字，能住多久，就住多久……能安慰她一天，就安慰她一天吧……我求求你，求求你……""反了！反了！"振廷大踏步冲上前来，奋力想拉开静芝和世纬，"月娘，你怎么也跟着太太一起发疯？你睁大眼睛看看，这个人不是元凯……"

"他是的！他是的！"静芝一迭连声喊，泪流满面，"振廷，你为什么一定要这样残忍？难道你内心深处，对以前种种，没有一点点后悔吗？难道元凯不是你心头最大的悲痛吗？难道当年断绝父子之情，就把你身上所有的感情都断光了吗？你不曾像我一样，瞎了双眼，你看得清清楚楚，怎么还瞪着眼睛说瞎话！狠心不认自己的骨肉？你难道不明白，元凯这番归来，是老天给我们再一次机会……一次赎罪的机会，一次重新活过的机会啊……"这一番话，说得声嘶力竭，说得满屋子的人都傻了。说得世纬满心震动，满怀恻然。说得振廷一脸的惨白，满眼的伤痛。说得月娘泪落如雨。

"扑通"一声，月娘对振廷直挺挺地跪下了。

"老爷，你可怜可怜太太吧！这么多年来，多少风风雨雨，我跟着你们一起走过，眼看着太太一步一步到今天的田地，她再也承受不起失望了！老爷！你总有一点恻隐之心吧！"

振廷注视着月娘，顿时心都碎了。这是怎样一个家？怎样又瞎又病的妻子？怎样天人永隔的儿子？怎样百般委屈的月娘啊！他掉头去看看世纬，这年轻人身材挺拔，眉目俊秀，举手投足之间，确实和当年的元凯有许多神似之处。元凯，他心中猛地一抽，说不出来有多痛，简直是痛入骨髓，痛彻心扉呀！"听我说，"他面对世纬，声音沙哑，"今天弄到这个局面，我真是无可奈何。我看你气宇不凡，知书达理，猜想你也是个性情中人。我……"他深抽了一口气，"诚心诚意留你住下来！如果你肯住下来，我甚至可以……可以派人去找李大海！让小草可以早日和她的海爷爷团聚！这样，你也不至于觉得留下来没道理，怎样？""哇！大哥大哥！"小草脱口欢呼出声，"老爷要派人去帮我找海爷爷了！"她冲过去，学着月娘对振廷一跪，没头没脑地磕起头来："谢谢老爷！谢谢老爷！"

"元凯啊！"静芝又哭又笑地去摇着世纬，兴奋得满脸发亮，"你爹留你了！你知道你爹的，他就是这样的臭脾气……留都留了，还要说一大堆莫名其妙的道理……但是，他留你了！他说出口了，他终于说出口了！你知道这对他是多困难的事……那么，你，你，你也不走了，对不对？对不对？"她仰着脸，全心地期盼地面向着世纬，那已失明的双目盛满了泪，泪光闪烁。世纬觉得整个心脏都为她抽搐起来。

"是的！我不走了！"他轻声说。环视一屋子沉痛而带泪的面孔，他深抽了口气，抬高了声音："嗨！既然不走了，我可不可以吃点东西呢？我饿了！"

"桂圆小米粥！"静芝跳起身子来喊，"鸡片干丝汤！还有枣泥杏仁酥……都是你最爱吃的，我全准备着！月娘！快去厨房拿，别忘了！还有那袋新鲜核桃！"

就是这样，世纬、青青和小草就在傅家庄暂时住下了。

第五章

　　一星期后，世纬的健康就完全恢复了。

　　走出元凯那间卧室，他有好几天，都沉迷在傅家庄那典雅的庭园里，初次领略了江南园林的迷人之处。看到他们把形形色色的太湖石，堆砌成春夏秋冬的景致，使他叹为观止。小楼水榭，曲院回廊，都别有幽趣。和北方比起来，是截然不同的。北京的建筑受故宫影响，比较富丽堂皇。南方的庭园，却秀气多了。一条小径，两枝修竹，几叶芭蕉，十分诗意。世纬尤其爱上了吟风阁朝东的一面墙，那墙上蔓生着常春藤，爬满了整片墙壁，枝枝叶叶、重重叠叠地下垂着。每当风一吹过，每片叶子都随风飘动，起伏有致，像一大片绿色的波浪。在这片绿色波浪中，却嵌着三扇小红窗，窗棂雕着梅兰竹菊的图案，真是可爱极了。世纬实在想不透，在这么美丽的庭园里，怎么没有酝酿出如诗如梦的故事，反而演出父子反目、生离死别的悲剧？

关于元凯的故事，在接下来的几天里，月娘断断续续地说给世纬他们三个听了。原来，元凯在十多年前，爱上了家里的丫头潄兰。这本是大家庭中很普通的事，如果元凯肯将潄兰收来做小，大概也不至于引起大祸。但是，元凯念了很多书，又深受梁启超"一夫一妻"制的影响，坚持要娶潄兰为妻子。此事使振廷勃然大怒，说什么也不允许，想尽办法拆散两人。据说，当时使用的手段非常激烈。元凯见无法和振廷沟通，竟带着潄兰私奔了。私奔还没关系，他们两个，居然跪到上海的一家教堂里，在神父的福证下，行了西式的婚礼。完婚之后，再把潄兰带回家来。振廷这一怒实在是非同小可，他把元凯和潄兰一起赶出了家门，当时就措辞强烈，恩断义绝。振廷说过："你可以死在外面，就是不许再回来！我傅振廷可以绝子绝孙，就是不能承认一个像你这样不孝不义的儿子，从今以后，我没有儿子！你也不姓傅！"

元凯就是在那吟风阁外的广场中，跪地向静芝磕头告别的。

"娘！从今以后，孩儿跟您就是形同陌路的陌生人了！原谅孩儿不孝！孩儿叩别娘！"

那天的静芝，呼天抢地，哭得日月无光，却无法阻止元凯的离去。这句话，竟成为元凯对母亲说的最后一句话。因为，一年以后，潄兰把元凯的灵柩送回来了。

"灵柩？"世纬震动地看着月娘，"他怎么会死呢？他真的死了？""真的死了！"月娘面色凄然，眼中凝聚着泪，"死的时候，才只有二十三岁。灵柩送来那天，你们信吗？竟是老爷四十五岁的寿诞。在宾客盈门中，漱兰一身缟素，伏地不起，灵柩砰然落地，满座宾客，人人变色。可怜的老爷和太太，这种打击，怎么是一般人所能承受？老爷不相信那里面躺着的是少爷，下令开棺，棺盖一打开，少爷赫然躺在里面……太太，太太就昏死过去。从此以后，太太不许人说元凯死了，她拒绝这个事实，早也哭，晚也哭，眼睛哭瞎了，神志也迷糊了！她宁愿相信元凯活在外面，不愿相信他被送回来了！"月娘看着世纬，"这就是为什么你说了句你是陌生人，太太就更加认定你是元凯的原因，这'陌生人'三个字，对太太的印象，实在是太深太深了！"

原来如此！世纬吸了口气。

"可是，那元凯正当年轻力壮，怎么会突然死掉呢？"他问。"他是病死的，详细情形，我们都弄不清楚，唯一可以肯定的，是他和漱兰，穷途潦倒，贫病交迫。这也是太太无法原谅老爷的地方，元凯走的时候，两袖清风，什么都没有带。他是在这种家庭里养大的孩子，平时都是丫头用人伺候着的，他几时受过生活上的苦！""漱兰呢？"青青追着问，"她去了什么地方？她现在在哪里？"月娘沉默了好一会儿。

"她走了！"半晌以后，她才沉思地说，"傅家的女人都很惨。漱兰把灵柩送来那天，大概已经不想活了。她那副样子，分明三魂六魄，都已跟着元凯去了。偏偏老爷在悲愤得快发疯的情况下，对漱兰痛骂不停。漱兰听着听着，就一头对棺木撞了去，差点就撞死了！你们不知道，那个场面有多么惨！幸好漱兰的娘朱嫂陪着她来的，朱嫂哭着，抱着，求着,拖着……把漱兰带走了!"她顿了顿,眼神深幽,"从此,我们谁也没见过漱兰。十年了!漱兰是生是死,我们都不知道了!"

故事说完了。一时之间,世纬、青青、月娘、小草四人都静悄悄的,没有一个人说话。窗外,暮色正缓缓地罩下来,黄昏的余晖,把一树的阴影,投射在雕花的地砖上,有一种凄凉而神秘的美。世纬看着月娘,直觉地感到,她对于这个故事,多少还有些保留。"你呢?"他忍不住问,"我听你谈吐不俗,不像个伺候人的人,你在傅家是……""我吗?"月娘脸色一暗,微微地怔了怔。"我是另外一个故事了。"她叹了口气,"我也是好家庭的女儿,和傅家沾了一点亲,只是我家早就败落了,我爹把我许配给了一个比我小八岁的丈夫。我们家乡常常把女儿嫁给小丈夫,说不好听,就是卖过去了。我十六岁嫁过去,丈夫才八岁,挨了四年,丈夫才十二岁,居然出天花就死了!夫家说我不祥,克死了丈夫,赶我回娘家,我爹那时已去世了,娘家没人肯收留我,我举目无亲,就投到傅家来,太太收留了我……待我挺好挺好的,我也就死心塌地地伺候着太太。我来傅家,已经十二年了呢!傅家所有的事,我都是一件一件看着它发生的。说起来,太太对我有恩,所以,有时候……她就是对我发发脾气……我也就忍了!"短短的几句话,道尽了一个女人的沧桑。世纬对月娘,不禁油然起敬。从月娘身上,就联想到青青,从大红花轿上逃走的青青。中国的女性,如果不能主宰自己的命运,将永远在悲剧中轮回。青青的逃婚,实在是勇敢极了,正确极了。想到这儿,他就对青青看去,青青仍然沉溺在月娘所述说的故事里,满脸戚然,满眼哀切。

"世纬!"她忽然回头对世纬正色说,"你不可以再那么绝情了!老太太叫你几声儿子,你又不会少一块肉,有人把你当儿子一样疼着,有什么不好?以后,你再也不要动不动就说要走,来威胁人家!"

"是啊!"小草接口说,"婆婆好可怜啊!大哥,你一定一定要对婆婆好一点!"世纬真有些啼笑皆非。瞎婆婆的故事确实可怜,但是,自己这个假儿子,骗得了一时,骗得了一世吗?走,是迟早的事,等到必须走的时候,会不会再一次撕裂了老太太的心?到那时,今日的"不忍",可能会变成那时的"残忍",然后,又会演变成什么局面呢?这样一想,他的头就又痛了。

"不管怎样,谢谢你们兄妹!"月娘似乎读出了他的思想,"你们肯留下来,真是傅家的幸运!我们过一天是一天,希望没多久,太太就能明白过来!好了,不能再谈了,我去厨房看看,太太今天给你炖了莲子银耳汤,是你以前最爱吃的……不不,"她改了口,"是元凯少爷以前最爱吃的!希望你吃的时候,有那么一点儿表示,她会很高兴很高兴的……"

月娘走了。世纬用手揉了揉额角,看着青青。

"兄妹啊?"他说,"你到底对傅家怎么说的?"

"说你是我哥哥啊!"青青瞪着他,"不然怎么说呢?总不能说我从花轿上跳下来,跟你这样奇奇怪怪来扬州!别人会怎么想我呢?""那……"他的头更痛了,"小草跟我们又

37

是什么关系呢?你赶快说清楚,免得我穿帮!""我说……小草是咱们家的邻居,尽受表婶儿虐待,所以咱们兄妹就……""见义勇为,把她护送到扬州!"他接话,"是吧?你编故事还编得挺好的呢!"听出他语气中的不满,青青顿时脸色一沉,眉毛挑得高高的,眼睛瞪得圆圆的,立刻就剑拔弩张。她挺直背脊,颇受伤害地冲口而出:"怎么了?我说你是我哥哥,难道侮辱了你不成?上次要拿钱打发我们,我还没跟你算账呢!我知道了,你打心眼里看不起我和小草,我们没念过书,大字不识,连根扁担倒下来我们也不晓得那是个'一'字,更别说要我们像你一样满嘴掉文儿,动不动就四个字四个字打嘴里成串地溜出来……你看不起我们,你尽管去告诉傅家老爷太太,说我们两个是你路上捡来的……""喂喂!你有完没完?"他忍无可忍地喊,"我说了看不起你们吗?我什么都没说,你就大发脾气,讲了这么一大堆,你简直是欲加之罪,何患无辞!"

"什么罪不罪的?"青青更气,"听也听不懂,你就直接告诉我们,我是大麻烦,小草是小麻烦,婆婆是老麻烦……你恨不得把我们统统摆脱了,不就结了?"

世纬怔了怔,声音大了起来:

"你这句话倒说对了!自从遇到你们以后,我就一路有倒不完的霉!先是莫名其妙地跟着你们乱逃,然后天气也变了,荷包也瘦了,头也打破了,又伤又病地把你们送来,却被瞎婆婆抓了当儿子,弄得我困在这里走不了,你们的确是一对大小麻烦!我实在弄不懂我怎么会招惹了你们?"

世纬发泄完了，居然听不到青青反驳的声浪，再一抬头，发现青青眼圈红红地看着小草，小草则抽抽搭搭地哭起来了，泪水滴滴答答地直往下掉。

"喂喂，"他心慌意乱了，"怎么回事？咱们一路拌嘴已经拌成习惯了，吵吵架没关系的，你们可别哭啊！"

"我哭，我就是要哭！"小草吸吸鼻子，哽咽地说，"我叫你大哥，把你看得比亲哥哥还要亲，舍不得跟你分开……原来你这么讨厌我们……骂我们骂得好大声，比傅老爷还要吓人……""我哪有？我哪有？"他急急地问，"我哪有好大声？"

"你有！你就是有！"青青接话，眼泪也往下掉。她对小草张开了手臂，哀声地喊："小草！别哭，你还有我呢！我是怎样也不会离开你的！"小草"呜"的一声，就哭着投入了青青的怀抱。一对"大小麻烦"紧拥在一起，泪珠儿纷纷乱乱地跌落于地。世纬看到自己造成这么大的"悲剧"，简直是手足失措，不知怎么办才好。"喂喂，我投降，我投降！"他举起双手喊，"我错了！好不好？我道歉，好不好？"他伸手去拉小草，"我真的没有看不起你们的意思，我疼你们都来不及了！我说话大声一点，是因为现在这个状况很复杂，我有点头痛罢了……喂喂，你们不要哭了，我跟你们说，以后，咱们三个，要留一起留，要走一起走！好不好？"他顿了顿，见两个女孩儿，依然哭不停，心里更慌了，脱口大声说："你们不要再伤心了，从今以后，你们两个就是我的责任，我一肩扛到底了！"

听他说得语气铿锵，两个女孩子终于有了反应，停止哭泣，抬眼看着他。他对两人重重地点了点头，满脸的"坚定"。小草一个感动，回身就把他的腿紧紧抱住，由衷地、热烈地喊："大哥！"她立即破涕为笑了，"你真是世界上最好最好的人！"世纬被她恭维得有点飘飘然，发现自己的一句话，就能化悲剧为喜剧，不禁对自己的"力量"，也在惊愕中有些佩服起来。他转眼看青青，青青斜睨了他一眼，掉头去看窗子。眼泪不曾干，唇边已有笑意。

唉！世纬心里叹了口气。唯女子与小人为难养也！但，眼前这个"女子"与"小人"，却更有动人心处！

第六章

这天,长贵匆匆忙忙来找世纬、青青和小草。

"老爷要你们三位,上大厅见客!"

"见客?"世纬怔了怔,"是什么样的客人?"

"是老爷的好朋友裴老爷,他们一家子人全来了,听说了你们三位的事儿,想见见你们!"

于是,世纬、青青、小草三个人,就急忙整整衣裳,出了房门。傅家庄院落很多,三人去大厅,穿越了两层院子,刚走到前院的一棵玉兰树下,只听到那棵大树上,树叶一阵簌簌,似乎有人在树上窃窃私语。一个年轻人的声音在说:"来了!来了!"一个孩子的声音在问:"哪儿?哪儿?"年轻人一阵惊呼:"别推我呀!别推呀……"

树下的三人,觉得太奇怪了,都抬起头往树上看去。

树上,却忽然掉下两个人来。

"砰""砰"两声,一个十岁大左右的男孩子,先落在地上，摔了个狗吃屎，哎哟哎哟地叫不停。另一个二十来岁的少年也跟着摔落，跌在男孩子的身边。

世纬、青青和小草实在太惊讶了。三人都瞪大了眼睛，目不转睛地看着地上的少年和孩子。此时，年轻人已一跃而起，冲着三个人咧嘴一笑。世纬这才发现，这年轻人剑眉朗目，英姿焕发。"你们怎么会摔下来啊？"世纬奇怪地问，"摔着没有？"

"没事！没事！"年轻人窘迫地笑了。话还没说完，那孩子已经爬起身，对年轻人掀眉瞪眼，又挥拳头：

"都是你！原先说好是跳下来，不是跌下来的！好疼啊……""请问你们是什么人啊？"世纬问。

"哦！"年轻人笑着说，"我是裴绍谦，这是我弟弟裴绍文！"

"姓裴？那么裴老爷是……"

"我爹！"年轻人笑得爽朗。

"原来是裴家的两位公子！"世纬恍然地说。

"你们不是在大厅上吗？怎么到树上去了？"青青好奇地问。"哦，是这样的！"绍谦傻呵呵地用手抓抓头，"在家里听说了你们三人的故事，我们已经好奇得不得了，所以，我们两个忍不住溜到花园里来，爬到树上……爬到树上……"他笑着尴尬地摸摸鼻子。"我们不是要跌下来的！"绍文忍不住接了口，他是个眉清目秀的男孩子。一面揉着跌痛的屁股，一面抬头直瞪着绍谦："不是说好要一个鹞子翻身，再一个鲤鱼打挺，稳当当地飘落下来，露一手咱们的武功吗？怎么这样子跌下来了？"

"你还说呢！还说呢！"绍谦戳了绍文的脑袋一下，微微涨红了脸，"就是你害我，紧要关头，又挤又推的，害我设计了半天的鹞子翻身，鲤鱼打挺，变成了'兄弟出丑'，真是气死我了！"这样一说，青青用手掩着口，忍俊不禁。小草也紧抿着嘴唇，拼命忍住笑。绍谦见青青和小草这等模样，窘迫之余，忽然就从身子后面把绍文给揪了出来，推向小草。

"怎么了？怎么了？在家里听说小草是个小美人，你不是直嚷嚷着要来看小草吗？这不给你看了？还躲什么躲？像个大姑娘似的……"绍文差点撞到小草身上去，顿时间，闹了个面红耳赤。回头对着绍谦就摩拳擦掌："我没嚷嚷，我才没有！嚷嚷的是你！你听说青青是个大美人，你就急着要来看青青……"

"嘿嘿嘿！"绍谦急喊，"你这个小家伙，完全不顾兄弟义气，成心要让别人看咱们的笑话是不是？"

"这有什么关系！"绍文大剌剌地卷了卷袖子，"反正是英雄难过美人关嘛！""你说什么？说什么？"绍谦对绍文掀眉瞪眼地说，"自己不懂的话别乱说！掉什么文儿！"

"我懂！"绍文瞪了回去，"你自己教给我的！就是说英雄碰到了漂亮的女孩儿，那么英雄不怎么英雄了也没多大关系！"绍文这样一说，青青再也忍不住，放声大笑了起来。青青一笑，小草也笑了。小草笑了，世纬也笑了。绍谦和绍文，看到他们三个都笑了，也就大笑起来。一时之间，五个人嘻嘻哈哈，好不热闹。这傅家庄里，多少多少年来，都没有这

43

样洋溢着笑声，直把闻声赶来的振廷，看得当场傻住了。

然后，在大厅中，世纬等三人拜见了裴老爷子和他的两位夫人。这裴老爷和两个儿子一样，没大没小，没正没经地，指着自己的两个太太，对三人介绍说：

"这是大老婆裴大婶儿，这是小老婆裴小婶儿！"

"大婶儿是我娘！"绍谦急忙补充。

"小婶儿是我妈！"绍文应声而出。

大婶儿、小婶儿都板住了脸，全屋子的人都忍俊不禁。

这就是世纬、青青、小草认识绍谦兄弟的经过。

认识了绍谦兄弟，这才认识了扬州。

接下来好多日子，绍谦兄弟带着世纬等三人，游遍了扬州。"故人西辞黄鹤楼，烟花三月下扬州。孤帆远影碧山尽，惟见长江天际流。"这是李白的诗。"青山隐隐水迢迢，秋尽江南草未凋。二十四桥明月夜，玉人何处教吹箫？"这是杜牧的诗。"娉娉袅袅十三余，豆蔻梢头二月初。春风十里扬州路，卷上珠帘总不如。"这又是杜牧的诗。世纬记不得前人的诗句里，有多少诗句与扬州有关，但他终于走进了李白和杜牧的诗句里。一时之间，瘦西湖、小金山、二十四桥、大明寺、平山堂、御码头……都有他们五个人的游踪。大家又笑又闹，又游山玩水，实在是快乐极了。世纬几乎忘了他的广州，也忘了他的北京，简直有点儿乐不思蜀。生命中从没有这么美丽的一段时光。在傅家庄被当成宝贝，老太太对自己嘘寒问暖，无微不至；下人们毕恭毕敬，言听计从。走出傅家庄，有绍谦、青青等人做伴，还有……还有那么古典，那么诗意的扬州！可是，在这种诗意中，也有许多事困扰着世纬。第一件当然是老太太的纠缠不清，第二件就是绍谦和青青。

绍谦对青青，即使不是一见钟情，好像也差不了多少。他憨厚、热情、坦白、率直，完全不去掩饰自己对青青的感情，非但不掩饰，他还展开了热烈的追求。青青在乍惊乍喜之间，对绍谦是半推半就。显然，她几乎是在享受着这份感情。女人实在是虚荣的动物！世纬不知道为什么，对青青的态度就有那么一些不满。可是，倒回头来想，绍谦的家世地位，配青青是绰绰有余，如果绍谦真喜欢青青，他们两个能有个结果，自己不是也放下心里的一块石头吗？将来，总有一天，他是要走的，总不能真带着青青和小草，浪迹天涯吧？世纬在两年前，已由家中做主定了亲。两年来，父母千方百计要他完婚，他千方百计逃避，不肯结婚。对方是书香世家，和何家门当户对。他除了知道那女孩子名叫华又琳以外，什么都不知道，也从没见过华家的姑娘。他的离家出走，在一大堆的抗拒之外，也包括抗拒这种父母之命的婚姻。可是，抗拒那份婚姻是一回事，容许自己风流放纵又是另一回事。他和青青，萍水相逢，结伴而行，就这么简单，绝不牵涉儿女私情，否则，岂不是乘人之危，有失君子风度？因此，世纬对青青，自认胸怀坦荡，没有丝毫杂念。既无杂念，就对绍谦和青青那种"东边太阳西边雨，道是无晴却有晴"的游戏，冷眼旁观起来。

这个裴绍谦，真是鲜得很！

有一天，绍谦和绍文一起来到傅家庄。绍谦躲在假山后面，推派绍文去见青青。事先，大约兄弟两个已经说好了，万一绍文应付不过来，就回头听绍谦的指示行事。于是，绍文捧着一个盆景，跑到青青窗子外面，敲窗子：

"青青！我哥有东西送给你！"

青青打开窗子，只见绍文捧着盆景往窗台上一放。花盆倒很漂亮，白瓷上描着彩绘的花朵。但是，盆子里，却种着一棵毫不起眼的树苗儿。"这是什么？"青青困惑地问。

"是茶树的树苗儿！"绍文兴冲冲地说，回头看了绍谦一眼。绍谦悄悄提了句词，绍文就转回头来，笑嘻嘻地说："我哥哥说，我爹有座茶园，看过去绿油油的一大片，就像青青的名字，所以送你一棵茶树苗儿！"

"它将来会开花吗？"小草在旁边问。

"它不开花儿，尽长叶子，将来你们把叶子摘下来，就可以泡茶喝了。"青青看着那棵茶树苗，却有些不大高兴。

"我说你哥哥，真是个怪人！要送就送盆花嘛，送我一棵树苗儿！还把我比作茶树，我长得像茶树吗？"

青青这样一说，绍文傻了眼，急忙去看绍谦。绍谦心中早已大呼不妙，这下子马屁拍在马腿上，不知怎么收拾！绍文倒退着步子，退到假山石前，靠近了绍谦藏身之处，回头小小声说："哥，怎么说？我要怎么说？"

绍谦慌忙悄悄提词："告诉她不是这个意思，不是这个意思……"

绍文回过头来，又冲着青青傻笑，大声说：

"不是这个意思，不是这个意思！"

绍谦又说："花儿俗气得很，不管送什么花，跟你一比，都为之逊色了！"绍文依样画葫芦，大声复诵：

"花儿俗气得很，不管送什么花，跟你一比呀，全部都……全部都……都那个……都那个……"他歪着脖子，希望绍谦赶快提词，那什么"逊色"对他来说，实在太难了。他这等怪模怪样，使青青大为奇怪，伸头到窗外来张望。小草已忍不住，睁大眼睛问："绍文，你的脖子怎么啦？"

绍谦一急，抬头一看，看到绍文歪着个脖子，样子不自然已到极点。他不假思索，急急地说：

"哎哎，脖子歪了！脖子歪了！快站好！快站好！"

绍文以为是提词，赶快大声说：

"哦！脖子歪了！全部都脖子歪了！"

绍谦从假山后面，一下子就窜了出来，伸手揪住绍文的耳朵，往后拼命拉扯，嘴里骂着说：

"我宰了你这个歪脖子，你简直气死我了！"

这一下，青青大笑了出来，笑得东倒西歪，眼泪都滚出来了。绍谦看到青青如此开心，倒也事出意外，就也跟着傻呵呵地笑起来。绍文和小草，见他们两个笑得这样开心，当然也跟着笑了。世纬远远走来，看到这样一幅欢乐图，不知怎的，竟有被排除在外的失落感。

过了几天，大家到裴家去玩。

裴家有一片荷花池。那已经是初夏时节，江南的荷花开得特别早。满湖荷花，有红有白，映着重重叠叠的绿叶，真

是好看极了。世纬忍不住,就发起议论来了:

"这个荷花很奇怪,你单单看那么一朵,觉得它粗枝大叶,并不怎么美,可是集合成一大片的时候,不但美,甚至是很壮观的。所以说上天造物实在蛮有意思,该一枝独秀的便稀奇难求,该集数量之美的便会大量繁衍!"

"哇!"绍谦十分佩服地看着世纬,"有学问的人就是不一样,赏个花嘛,不单用眼睛看,还用脑筋看!"

"你别羡慕他,"青青对绍谦笑了笑,"他那样活着累得很,赏个花还要讲大道理!"这青青是怎么回事?对绍谦倒是挺温柔的,碰到自己就尽抬杠!世纬皱皱眉,很无辜地说:

"我也没有讲大道理呀,只是随口说两句而已!"

"怎么说要一大片才好看?"青青问,伸长脖子望着湖心,"你瞧,那朵半红半白的不是挺美吗?"

"哪一朵?哪一朵?"绍谦急忙也伸着头看。

"就是湖中心那一朵呀!"青青指着。

"你是说花瓣尖是白的,花瓣梗是红的那一朵?""是啊!"青青顺口说,"能供在花瓶里就好了!"

"没问题!"绍谦说着,就一脚跨进湖里去。

"喂喂!"青青大惊失色地说,"你要做什么?"

"摘花呀!"绍谦笑嘻嘻地说着,一面哗啦啦盘水而去。绍文和小草在岸上看得目瞪口呆。绍文直着脖子,大声嚷嚷:

"你小心一点,说不定水里有蛇!"

"胡说八道!"绍谦才笑着说了句,身子突然一斜,就扑通摔入水中。青青急得绕着湖跑,喊着说:

48

"你疯了！快回来呀！我只是随口说说，没有要你去摘呀！"

"绍谦！"世纬也跟着喊，"你会不会游泳呀？"

绍谦已经爬起来了。他穿了一身月牙白的衣服，白褂子和白裤子，这时候已经全是污泥。他脸上也沾了污泥，手上也是，说有多狼狈就有多狼狈。他却依旧笑嘻嘻地说："没事儿！你们别紧张，水不深，只是有很多烂泥巴，不好走而已。瞧！我这不是到了吗？"他回头看青青，指着荷花问："是这朵没错吧？""是！是！是！"青青拼命点头。

绍谦拔了荷花，又盘着一池污泥，举步维艰地往岸上走。由于泥浆太多，走得十分辛苦。好不容易爬上了岸，岸上四个人都睁大眼睛看着他，因为他已经成了一个道地的泥巴人。举着荷花，他送到青青面前去。

"上次送你一棵茶树苗，真够笨！现在，就算扯平了。怎么样？"青青接过花，真是感动极了。她看着绍谦，满眼的温柔，低低地说："其实，那棵茶树苗，我也很喜欢的！这朵荷花，当然更好啦！只是，你现在这一身泥，怎么办？"

绍谦低头打量自己，哈哈大笑了起来。

"哈！这会儿把我放进灶里去，用炭火慢慢煨烤，就成了一道名菜：叫花鸡！"小草和绍文，拍着手哈哈大笑起来，绕着绍谦又跳又跑，指着他喊："叫花鸡！叫花鸡！叫花鸡！"

于是，青青和世纬，也跟着笑了。绍谦自己，更是嘻嘻哈哈地笑个不停。世纬笑了一会儿，看他和青青，这样融融洽洽地打成一片，两个小儿女，也都不分彼此，其乐无比。

心里，不知怎的，又有种难以描述的"失落感"。

再过了几天，绍谦就煞有其事地，约了世纬，两个人到瘦西湖边去喝茶。茶还没喝两三口，绍谦就站起来，对世纬一揖到底说："我有事情要求你！""求我？"他怔着。"是啊！"绍谦用手抓了抓后脑勺，"就是青青的事嘛！人家说长兄如父……所以我特地来问你，不知道青青在家乡，有没有定过亲？""哦！"他愣愣地说，"没……没有。"

"好极了！"绍谦一击掌，笑逐颜开，"我也还没定亲呢！我爹一直要给我讨媳妇，我就是不肯！哈！幸亏不肯！才有今天的机会……""哦？"他瞪着绍谦。"怎么，"绍谦见他表情古怪，不由得收住了笑，紧张兮兮地问，"你反对吗？""反对？"世纬又怔了怔，"我有什么权利反对？"

"那么，你是赞成喽？"绍谦大喜地问。

世纬沉吟不语，从上到下地看绍谦，见绍谦一表人才，和青青倒是郎才女貌。真能撮合他们两个，不也是一段人间佳话吗？想着想着，他就点了点头，喃喃地说：

"就这么决定了！就应该这样办！"

绍谦狂喜地跳起来，对世纬鞠躬。

"谢谢大哥！谢谢大哥！我……我……我马上叫我爹去提亲！""提亲？"世纬吓了一大跳，"哪有这么快，你给我坐下来，别这么毛毛躁躁的！""你不是说决定了吗？"绍谦一脸怔忡地问，"这意思不是说，你决定把妹妹嫁给我吗？"

世纬又好气又好笑，那种"失落"的感觉更强烈了。但是，这桩姻缘，真的不错呀！他瞪着绍谦，叹口气说：

"我这个哥哥,对青青到底有多少影响力,我自己都没有把握!你不常常看到她对我红眉毛绿眼睛的时候!说真的,青青是个非常独立自主的女孩子,她有权选择自己的幸福,我既无法勉强她,也没有权利代她做主!我说的决定,是决定从旁协助你,至于能不能成功,还要靠你自己的努力!"

绍谦恍然大悟地点着头。想了想,又跳起来,仍是非常高兴地对世纬鞠了一大躬。

"那还是要谢谢大哥!以后全仰仗你,帮我在青青面前多多美言几句,你是她敬爱的大哥,你帮我说一句,胜过我说一万句!有了你的承诺,我现在等于吃了一颗定心丸!谢谢你,真心真意地谢谢你!"

世纬看着那满脸兴奋的绍谦,忽然,就对他的兴奋和喜悦嫉妒起来了。

第七章

海爷爷一直没有消息。

小草很着急,虽然说在傅家庄的日子挺舒服的,不愁吃不愁穿,还有人做伴儿,但她心里,实在思念着她的海爷爷。她和青青现在住的房间,就是海爷爷以前住的,她除了自己的小荷包以外,有更多的东西可以摸索。海爷爷看过的书,海爷爷用过的笔,海爷爷睡过的床,海爷爷点过的灯……但是,海爷爷,你现在在哪里呢?

这天,她穿过花园,要去世纬房间,才走到房门口,就听到月娘、青青和世纬正在谈着海爷爷。她知道偷听是不对的,但她身不由己,就站住了。

"这李大海,在傅家庄做了几十年,怎么会说离开就离开呢?"世纬问,"我听长贵和阿坤的语气,对李大海都略有微词,到底是怎么一回事?"

"不瞒你们说,"月娘叹了口气,"这李大海,走得不太光彩！他是被咱们老爷……给赶出去的！"

小草大惊。"赶出去？"青青也大惊，"不是说吵架吗？怎么是赶出去呢？为什么呢？""他……"月娘有点儿碍口，"他盗用公款！"

"什么？"世纬急急追问，"有没有弄错？"

"不可能弄错的！"月娘说，"说起来也真伤老爷的心，几十年来，老爷是全心全意信任着海叔的，公账私账都交由他管，不想他竟会暗地做手脚，偷了好大数目的钱呢！老爷生气倒不只为钱，而是海叔太教他失望了！所以，老爷虽然答应你们说，去找寻海叔，只怕此事，也只是说说而已了……"小草听到这里，再也忍不住了，她一下子就冲进门去，涨红了脸，激动地大喊："不会不会的！我海爷爷是好人，他不会偷钱的！你们冤枉了他！你们肯定冤枉了他！"

喊完了，她掉转身子，就飞快地往外跑。

世纬、青青、月娘全跳了起来，跟在后面紧追。

"小草！回来！小草！你要去哪里？小草……"

小草直冲往振廷的书房，门也不敲，就推开门冲了进去，把那正在练字的振廷吓了好大的一跳。

"我海爷爷不会偷钱，他不会偷钱，你冤枉了他……"

她气喘吁吁、满面泪痕地站在振廷面前，双手握着拳，激动地说着。"怎么回事？"振廷勃然变色，"你这个小孩子懂不懂礼貌？懂不懂规矩……""小草！我们出去！"青青追进来就拉小草，"出去再说！出去再说！""不！"小草倔强地甩开了世纬等三人，"我不要出去！我要问清楚！老爷，你为什么要赶走我海爷爷？你到底有没有派人去找我海爷爷？""反了！反了！"振廷气得七窍生烟，"我就知道不应该把你们留下来！看看，这是什么态度？我的家务事，要你一个小孩子来东问西问吗？对！"他怒视着小草，"是我把李大海赶走的，怎样？他确实偷了我的钱，怎样？"

"我不信，我不信！"小草的泪珠，成串成串地滚落，她哽咽着喊，"海爷爷是大好人，他从不做坏事情，他最喜欢帮别人的忙，连路边的小狗小猫，他也帮忙的！见它们肚子饿了，就把手上的包子馒头拿来喂它们吃！他那么好，不会偷你的钱，一定是你自己算错了！"

"莫名其妙！"振廷挑高了眉毛，瞪大了眼睛，"让我告诉你，就在这间房间里，海爷爷亲口对我承认了！他确实偷了我的钱，我没有半点冤枉他，够了吗？"

小草被打倒了。用双手捂着脸，她哭了个上气不接下气。世纬、青青冲上前来，一边一个架住小草，死命想把她拖出去。月娘急得手足失措，一迭连声地说：

"老爷请息怒，都是我不好，都是我太多嘴了！请老爷宽宏大量，就当她童言无忌……"

月娘的话还没说完，小草已挣脱青青、世纬，对振廷仰着脸，急切地说："你逼他说的！一定是你逼他承认的！你那么凶，是很会逼人的！你逼过婆婆，你逼过元凯叔叔……你自己不知道，你是很凶很凶的，全世界的人都怕你……一定是这样，你逼我海爷爷，他才会承认的……""你有完没完！"振廷怒不可遏了。尤其听到"逼过元凯叔叔"这种话，

他简直气得要发疯了。举起手来,他很想对这个乳臭未干的小姑娘一巴掌挥过去。世纬急叫了一声:

"伯父!不可以!"振廷的手停在半空中,他接触到小草那勇敢的、带泪的眸子,透过水雾,里面似乎燃烧着炙热的火焰。这火焰是对他的控诉,是对她海爷爷的信赖。他忽然间就泄了气,这对闪亮的眼睛,这副无畏无惧的神情,这浑身上下绽放着的勇气,和那一脸的悲切……居然是如此熟悉。"你那么凶,是很会逼人的,你逼过婆婆,你逼过元凯叔叔……"他深抽了一口气,顿时觉得五脏六腑都痛。

"好了!"他色厉内荏地一挥手,"我就不跟你一般见识!既然你口口声声说我冤枉了你海爷爷,我马上派人,兵分四路,东南西北去找,一定要把你海爷爷找回来!等到把他找回来了,我们再当面对质,看是我冤枉了他,还是你冤枉了我!"小草盯着振廷,泪痕未干,激动未消,却像大人般郑重地点了点头:"好!你说过的话不能赖!你……要派人去东山村我表姊儿家找一找!""东山村西山村全去,行了吗?"他抬头看月娘,"去叫长贵来,我们立刻把人调派一下,也去大海山东老家跑一趟看看!""是!"月娘迅速地应着。

一场风波,总算有惊无险。而且,还坐实了"找大海"的行动。可是,小草从这天以后,就变得不太快乐了。常常在无人之处,掏出她的百宝囊来,一件件东西数着念着。有时,念着念着就掉下眼泪来。偏偏在这时候,又发生了桂姨娘的翡翠事件。

桂姨娘就是绍文的娘,裴家的二姨太。

这天，世纬、青青、小草三个，又被绍谦邀到裴家来做客。小草和绍文，跟着三个大人品茶，实在觉得无聊极了，绍文就拉着小草，去假山里探阴，去石头缝里捉蟋蟀。把花园玩遍了，就开始逛房间，一间间东逛西逛，最后逛进了桂姨娘的卧室。房中正好无人，两个孩子窃喜。

"嗨！小草！"绍文眼珠一转，想到一件事，"你不是有个百宝荷包吗？我娘也有个百宝箱！"

"真的吗？"小草好奇地问，"里面装的什么呢？"

"我拿给你看！"绍文说着，就爬进床里，打开床上的雕花小木橱，捧出里面一个精致的雕花小木盒。把小木盒放在床上，他掀开盒盖："你瞧！"

"哇！"小草惊喊着，从来没见过这么多美丽的、光彩耀目的东西。原来，这是桂姨娘的首饰盒。"好漂亮啊！"她惊叹不已，一件件拿起来看，再小心地放回去，"怎么有这么多好看的东西呀！""我娘最喜欢这块绿石头了！"绍文拿起一条金链子，下面悬着好大的一块翡翠，"你戴上看看！戴上就可以扮蜘蛛精，我来演孙悟空。"他把项链往小草脖子上一套。然后从耳朵后面，拔下一根毫毛，吹口仙气，嘴里大喝着："变！"身子四面旋转，找寻可以充当"金箍棒"的东西。一抬头，看到床柱上悬挂的鸡毛掸，他抄了起来，一路挥舞着，嘴里大嚷着："蜘蛛精你逃到哪里去？我老孙杀将来也！"

这一"杀将来也"，就把梳妆台上的一面镜子，杀到地下去了。镜子打破了，碎片溅得到处都是。绍文看到闯了祸，丢下鸡毛掸，拉着"蜘蛛精"就向外逃。

"快走快走！别让我娘知道是我们打破的！"

小草吓坏了，跟着绍文就向外跑，跑了几步，想想不对，取下脖子上的"绿石头"，奔回床边，匆匆往首饰箱里一丢。绍文在门口直着脖子叫"快"，小草也无暇细看，就转身飞奔而去。这条翡翠项链，并没落进首饰盒，它掉在光滑的红缎被面上，又顺着被面，滑落到床底下去了。

桂姨娘的镜子打碎了事小，翡翠项链丢了事大。半小时以后，此事已经闹了个尽人皆知。她在亭子里，找着小草，气急败坏地说："那块翡翠可不是普通东西啊，那是老爷送我的生日礼物呀！好贵重的东西，你怎么敢拿呢？赶快还给我！"

"娘！你说哪个绿石头呀？"绍文问。

"不是石头，是翡翠，翡翠啊！"

"小草！"青青急了，"你怎么乱拿人家的东西？快还给桂姨娘！""我……我……"小草又急又怕，"我放回去了呀！绍文，你不是看到我放回去的吗？"

"是呀！是呀！"绍文慌忙说，"她放回去了！真的！我亲眼看到她放回去的！""你放到哪里去了？现在是不见了！"桂姨娘严厉地盯着小草，"如果你看着喜欢，拿去玩一玩，我也就不追究了，只要你现在把东西交出来就好了！"

世纬忍不住蹲下去，一把握住小草的肩膀。

"听着，要说实话，你到底有没有拿？"

小草一急，眼泪水就涌了出来。

"没有嘛，我放回去了！真的放回去了！"

"桂姨娘!"绍谦挺身而出,"你有没有好好找啊?也许她把它放到别的盒子里去了……"

"哎!"桂姨娘变了脸,"你们是什么意思?难道我还会诬赖她不成?哪有一个懂规矩的孩子会进别人房间去翻首饰盒?我那首饰盒整个摊开,东西全动过了!难道首饰自己有脚会跑路?真是!我就说嘛,交朋友要小心!龙生龙,凤生凤,老鼠生的儿子会打洞!那李大海手脚不干不净,孙女儿八成有遗传!"小草脸色惨白,倒退好大一步。青青已气极地往前一冲,激动地喊:"你怎么要这样说话?干吗要扯上她海爷爷?"

"桂姨娘!"绍谦比青青还气,脸都涨红了,"你这说的是些什么话!你不怕丢了咱们裴家的脸吗?……"

"我们就事论事,何须出口伤人!"世纬接话,"如果真是小草把项链弄丢了,我赔偿你就是了!"

小草这下子,完全不能控制自己了,泪水爬满了脸,她极受伤、极委屈、极难过地喊:

"我没有拿就是没有拿嘛!我不知道它为什么不在盒子里……你冤枉我,还要骂我的海爷爷!你太欺侮人了嘛……你不信,我给你搜,我只有这个荷包……"她从衣领中掏出荷包来,打开绳结,把里面的东西往地上倒,"给你看,都给你看……"这一倒,乱七八糟的东西散了一地,两粒弹珠跳了跳滚跑了。小草一边擦眼泪,一边满地爬着找弹珠,模样甚是凄惨。"弹珠……"她喃喃地啜泣着,"我的弹珠……"

"我帮你捡!我帮你收起来!"绍文急忙说,看到自己给小草带来这样的灾难，他心中真是难过极了。他手忙脚乱地收着小草的荷包，一面回头对桂姨娘狠狠一跺脚："娘！一块石头丢了就丢了嘛，你为什么要这样子？我恨你！我恨你！"

"啊？"桂姨娘惊愕得眼睛都圆了，"是我丢了东西呀，你们一个个叫得比我都大声……这还有天理吗？"

"不是都给你搜了吗？"青青气极地说，"你还要怎样？把她的皮剥下来给你不成？""呵！你凶什么凶？反正项链最后在小草手上……"

小草收好荷包站起来，又无奈，又情急，哽咽着脱口而出："会不会是那只大狗叼走了？我们出来的时候，瞧见你家那只大黄狗在门口走来走去……说不定你忘了喂它，它太饿了，就把项链给吃了！""胡说八道！"桂姨娘怒极了，一甩袖子，"如此狡猾的孩子，分明就是李大海的真传！"

小草受不了了，掩面痛哭着，夺门而去。绍文追在她后面，绍谦直着脖子对绍文喊：

"绍文！你陪着小草，不要走远了！我们去找项链！知道吗？""知道了！"绍文头也不回地，追着小草去了。

两小时后，项链找到了。是绍谦坚持搬开所有家具，做地毯式的搜寻，给找回来的。绍谦说：

"这项链只有两个可能，一个是还在房间里，一个就是那只狗！如果房间里找不着，我再来剖狗肚子！"

当项链在床底现了形，桂姨娘是说有多歉疚，就有多歉疚。其实，她是个很单纯的女人，就是有些小家子气罢了。讪讪地握着项链，她一迭连声地说：

"真不好意思,冤枉她了!怎么办?怎么办?快把两个孩子找回来!我去厨房,给他们做豆沙锅饼吃!"

但是,小草和绍文没有找回来,他们两个失踪了!

第八章

绍文和小草，足足失踪了五天。

这五天，真是又漫长又痛苦。青青终日以泪洗面，绍谦和世纬跑遍了整个扬州城，无论山边水边运河边……能够想到的地方都去了，包括绍文念过三天半的那所立志小学，也都彻底地搜寻过了，两个孩子就是无影无踪。振廷和静芝，在这些日子里，已经很熟悉小草的身影，和那清脆悦耳的声音，突然间，这身影和声音都消失了，他们也不禁若有所失起来。尤其是振廷，想到这孩子的出走，和她的海爷爷有莫大关系，就更加懊恼。为什么要摧毁这孩子心中的偶像呢？为什么咬定李大海偷钱呢？为什么不能仁慈一些，对她婉转解释呢？为什么要那么"凶"呢？这种懊恼和自责的情绪，使他在回思之余，不禁惊怔。这一生，即使对元凯，他都是声色俱厉，不曾心软过。怎么会对这个孩子，心有所系呢？怎么会对她的失踪，那么焦灼和着急呢？他来不及分析自己的感情，忙着命令茶园和丝厂的工人，连半夜都打着火把，漫山遍野地寻找着两个孩子。裴家是整个翻了天。桂姨娘哭天哭地哭绍文，骂天骂地骂自己："我怎么那么笨啊！为什么不少说几句？为什么要冤枉小草呢？如果绍文有个差错，我不如一头撞死算了！哦哦哦，我的绍文啊！"哭也没有用，骂也没有用，绍文和小草，就是不见了。

经过了漫长的五天，大家都几乎要绝望了。那年代，很多拐子会把孩子拐走，卖去当江湖杂技团的徒弟。他们推想，这两个孩子，都长得珠圆玉润，眉清目秀，如果给坏人看到了，一定凶多吉少。青青掉着泪说：

"小草不会这样待我的！她舍不得离开我的！她也走不远的！这么多天了，她都不回来，一定就是回不来了！她从小没爹没娘，不知道吃了多少苦，现在……如果又被坏人带走了……我怎么能够原谅自己？"

世纬想安慰她，却在心痛之余，连安慰的力气都没有。耳边总是荡漾着小草那清脆的童音：

"你是我的大哥，比亲哥哥还亲！"

什么大哥呢？连个孩子都照顾不好！

大家都沮丧极了，悲痛极了，都失去安慰彼此的力量了。就这样，到了第六天，忽然，奇迹出现了！

这天，绍谦、世纬和青青三个人，放弃了扬州，把搜寻范围扩大，他们坐渡船，来到了镇江。

没想到，这天的镇江，简直是人潮汹涌，热闹极了。原来，这天是迎神的日子，也是镇江一年一度的大庆典，有舞龙舞狮的,有踩高跷的,有扮十八罗汉的……迎神队伍簇拥着一辆花车,车上有扮观音的,扮金童玉女的,扮天女散花的……整个队伍,敲敲打打,一路游行到大庙口。全镇江市的人都为之沸腾了,挤在街上看热闹,放鞭炮。扶老携幼,摩肩擦踵,简直是万人空巷。

一看是这种局面,世纬等三人就想撤退。但是,人潮像波浪般卷了过来,迅速地就把他们三个淹没了。他们身不由己,就随着人潮滚动,进退不得。耳边,只听到群众的欢呼声,议论声:"哇!这十八罗汉扮得真好,今年还是第一次看呢!"

"我就是喜欢这个扮观音的,真是美极了!"

"当然啦!咱们江南出美女嘛!这扮观音的姑娘名叫石榴,已经扮了三年的观音了!"

"哎!那对金童玉女也真俊,活脱脱的金童玉女呀!"

世纬等三人,对于十八罗汉、观音菩萨、金童玉女、舞龙舞狮都没兴趣,却困在人群里寸步难行。世纬个子高,伸长脖子看过去,要看看花车为什么进展缓慢。这一看不要紧,怎么观音菩萨前的那对穿着古装衣裳的金童玉女有点儿眼熟?他定睛再看过去,天哪!那不正是踏破铁鞋无觅处的小草和绍文吗?不!世纬重重地一甩头:这是不可能的!一定是自己找小草找得精神恍惚了!他定睛再看,眨眨眼睛又看:明明就是他们两个!小草笑吟吟的,衣带翩然,手持花篮,还在那儿撒花瓣呢!"小草啊!绍文啊!"世纬激动得不得了,"绍谦,青青!你们快看啊!那是不是小草和绍文?"

"在哪儿？在哪儿？"绍谦紧张地问，伸长脖子在人群里到处搜寻。"在花车上！你们看呀，花车上那对金童玉女，是不是他们？"绍谦不相信地看过去，顿时脱口惊呼：

"真的是他们！"他挥舞着手，开始疯狂般地大喊大叫："绍文！小草！绍文！小草！"

青青也看过去，简直喜出望外，高兴得快疯了。

"小草！小草！"她又跳又叫，又哭又笑，"小草！小草！我在这儿啊！是我啊！是青青啊！"

一时间，三个人都跳着脚，在人群中奋力地推攘，嘴中拼了命地吼叫："小草啊！绍文啊！看这边呀！是我们啊！快看这里呀！小草！绍文！小草！绍文……"

最后，三个人开始齐聚了三人的力量，用尽全力，齐声大叫："小草！绍文！小草！绍文！小草！绍文……"

这一番惊天动地的呼叫，使围观的人潮全部震动了，也使那花车上的金童玉女震动了。小草眼尖，发现了他们三个，也顾不得自己是"玉女"了，她推着绍文，又悲又喜地喊着：

"是大哥和青青！还有你哥哥！"

"哥！哥！"绍文跳得老高，差点没有摔到花车下面去。扮观音的石榴姑娘，赶快伸手一把抓住了他。

"你们两个是怎么回事？"石榴急急地问，"你们在扮金童玉女呀，不能乱动呀！""那是我哥哥啊！"绍文急喊，"我们不扮金童玉女了！我们要去找哥哥啊！"

小草早已挥舞着她的花篮，忘形地对三人使劲大叫：

"青青！大哥！是我们啊……"

两方面，隔着一道人河，彼此疯狂大叫。这使整个游行队伍都停下来了。观众惊愕地议论纷纷，花车下的随从人员奔上前去了解状况，一时间，你推我挤，乱成一团。

"各位！各位！"世纬见这样不是办法，急忙大声对周围人群说，"那两个孩子，是我们家遗失了的孩子，我们已经找了好几天，请各位让开一点，让我们家人团圆吧！"

"是呀！是呀！"绍谦也用力地说，"那是我们的弟弟妹妹呀！我们不知道他们怎么会变成金童玉女，但是，他们确实是我们失踪了的弟弟妹妹呀！"

观众更加议论纷纷，你推我挤，局面混乱极了。

就在这种情况下，那扮观音的姑娘俯身和小草说了几句话，就站直身子，手一举，群众立刻安静下来了。因为，大家对"观音"实在太崇拜太尊敬了。"观音"不但"举了手"，而且"开了口"，她朗声地、清脆地、清清楚楚地说了：

"各位乡亲，请听我告诉你们这事的经过，这两个孩子，是前几天在运河边上迷了路，被船夫陈三夫妇发现，救到船上。然后跟着陈三去长江打鱼，打到昨晚才回到镇江。正好我身边缺金童玉女，就让他们两个来扮演。那边的三个人呢，是孩子们的家人，肯定找了好多天。说有多巧，这下子叫他们给遇上了！我相信，这是菩萨显灵，在冥冥中做这样的安排！让他们一家人团圆呀！"

这样一说，不只群众都明白过来，欢声雷动。世纬等三人，也才恍然大悟。原来两个小家伙跟着渔船打鱼去了，怪不得一去不归。又怪不得摇身一变，成了金童玉女！他们三

65

个还没回过神来，只听到人山人海，一片欢呼声：

"菩萨显灵呀！大慈大悲的观音菩萨呀！救苦救难的观音菩萨呀！"一时间，有人念佛，有人念经，好不热闹。

"快把两个孩子送过去吧！"观音又开了口。

"来啊！大家帮帮忙！"花车边的一个大汉喊着，一举手，把小草抱起来，从众人头上传递过去。

"好啊！大家帮忙！传孩子啊！"

群众一呼百应，个个伸长手，争着去抱小草和绍文。然后，像接力赛似的，一个传一个，把两个孩子从众人头顶上，传给人河那岸的世纬、青青和绍谦。

两个孩子终于传到了终点。小草落进青青的怀抱里，绍文落进绍谦的怀抱里。小草紧紧抱着青青，又伸长手去搂世纬，嘴里乱七八糟地喊着：

"我好想好想你们啊，可是，我们在船上，没办法呀！回不来呀，我再也不要离开你们了！就是桂姨娘把我骂死，我也不离开你们了！""小草！"世纬急忙说，"项链已经找到了！你不用再担心了！""是吗？"小草满脸发光，"那么，老爷有没有找到他被偷掉的钱呢？"呵！贪心的小草！世纬想着，笑着。观音菩萨就是显灵，也不能显得这么面面俱到呀！他还来不及说什么，只见绍谦站直了身子，满脸堆着笑，用手圈在嘴上，对那"观音"喊话过去："多谢观音菩萨！"那位观音一直对那边望着，很关心的样子。听到这句话，她不禁嫣然一笑。"观音笑了！观音笑了！"群众吼声震天。

岂止观音笑了？世纬笑了，青青笑了，绍谦笑了，小草笑了，绍文笑了，十八罗汉也笑了，连那条龙和四只狮子，全都笑了。还有那成千成万的群众，人人都笑了！镇江市一年一度的庙会，就以今年的最为精彩。

别提那天晚上，两个家庭里有多少喜悦。也别提两个孩子，叽叽呱呱，有多少说不完的故事。渔船啦，渔夫啦，渔火啦，码头啦，船上生活啦，撒网入水啦，还有那些鹈鹕鸟，它们会把鱼装在喉咙里，再吐出来给主人……小草整个晚上，说啊说啊都不要睡觉，振廷、静芝、月娘、青青、世纬……听啊听啊也都不要睡觉。人生，若不是有离别，怎知道重逢最好？

第九章

就是为了寻找小草,世纬才发现扬州城有那么一所无人管理的小学。这小学唯一的老师兼校长,已经被顽劣的学童给气走了。数十位学生,高兴来就来,不高兴来就不来。到了学校也无书可念,但是,孩子们很爱来学校,一来可以聚众嬉闹,二来可以逃避下田做工。学校就成为孩子们的一个大娱乐场。找寻小草那天,绍谦和世纬,碰到了学校里仅存的一个老校工。校工耳朵也背了,眼睛也花了,拿了一个铃铛,在无课可上的情况下,仍然很忠于职守地摇上课铃。学生们却充耳不闻,嘻嘻哈哈地满校园奔来跑去。老校工脾气特好,笑吟吟地也不生气,对世纬二人的问题,完全答非所问。

"老张,你有没有看到我弟弟绍文?"

"你叫我少混啊?没办法啦!我要能教书就当校长了!除了摇摇铃,打打杂,我还能做什么呢?"

"又不是说你少混,是问你绍文!"绍谦着急地说,"那你有没看到一个小姑娘,这么高,梳小辫,叫小草……"

老张很努力地听,一面点头,一面大声说:

"校长?校长早就走啦!不干啦!""小姑娘,小女孩儿。"绍谦比划着。

"没办法呀!"老张一脸惭愧,"我就是窝囊啊,我老婆也骂我窝囊啊……"简直和他扯不清。绍谦无奈,和世纬扯开喉咙自己找,在学校里大声呼前喊后:"绍文!小草,你们在哪儿啊?绍文!小草……"

老张好生感激,忙着一面摇铃,一面对二人鞠躬:

"真是不敢当,要你们帮我喊!我自个儿来吧,不劳驾你们啦!"他就声如洪钟地喊起来了:"大全!豆豆!小虎!来宝!来福……上课啦!上课啦……"

那天的校园寻访,就这样告一段落。后来,小草和绍文找到了,世纬也把这所小学给忘了。直到有一天,他正在傅家庄的花园里,和绍谦大谈他要去广州的抱负。谈着谈着,有人急促地敲门,几个孩子的声音,在门外大喊:

"救命!救命啊!快开门啊!救救我们啊!"

世纬和绍谦冲到门边,打开大门,三个八九岁的孩子就跌进门来。世纬还没闹清楚怎么回事,"嗖"的一声,有颗小石子激射而来,正中世纬的腹部。绍谦已大踏步冲过去,迅速地伸手揪住了一个粗粗壮壮的男孩子,那男孩挣扎着,暴怒地吼着,手里握着一把弹弓。

"放开我!放开我!""你叫小虎子,是吧?"绍谦一把夺走了他的弹弓,"你就会欺侮比你小的同学,是吧?"

"还我弹弓!"小虎子嚷着,扑到绍谦身上去抢,绍谦把弹弓举得高高的,就是不还给他。小虎子抬起脚,使劲地对绍谦踹去。绍谦又好气又好笑,伸脚一勾一带,就把他给摔倒在地。小虎子跳起身,不服气地再扑过来,绍谦只伸出左手,小虎子又被摆平了。"好了好了!"世纬出来打圆场,"我看这些孩子,是精力过旺。居然满街满巷地追杀起来了!这样吧!"他对小虎子说,"你跟我回学校,我们还你弹弓!"

于是,世纬和绍谦,带着几个孩子回到学校。不知怎的,世纬就领着一群孩子,在操场踢起足球来。事实上,那不是足球,只是在储藏室找来的一个破篮球,但是大家却踢得兴高采烈。一场足球踢下来,个个孩子满头大汗,红光满面。绍谦不甘寂寞,又教孩子们舞花枪,拿着几根破竹竿,舞了个虎虎生风。孩子们十分崇拜,兴致高昂,也舞得落花流水。

当孩子们玩够了,世纬把他们带进了教室。

"有没有人愿意告诉我你们的名字?"他问。

孩子们争相举手。来宝、来福、万发、阿长、小勇、小八、豆豆、阿辉、阿顺、大全、小建……真是热闹极了。

"有没有人能够在黑板上写出自己的名字?"

孩子们全傻了。"来来来!写写看!没关系的!"

孩子们上来了,各写各的。"宝"字少了下面的贝,"福"字少了中间的口,"发"字头尾分了家,"辉"字左右隔了好几里,"勇"字没有力,"建"字没有边……简直是惨不忍睹。

离开了学校,世纬沉吟地对绍谦说:

"不知怎样才能接管这所小学,需要去县政府备案吗?我看我们两个，闲着也是闲着。除非我能马上动身去广州，不然，就需要找点事做。我看，我来教他们读书，你来教他们体育，如何？""你说真的？"绍谦惊愕地问，"你真要教这些顽童，不怕大材小用？""什么大材小用！"世纬答得坦率，"教育永远是人类最根本的工作。而且，小草和绍文，也应该念书识字，这样荒废着不是办法。将来，他们长大了，面对的社会，不会再像现在这样落后和无知。""好呀！"绍谦想想，忽然大乐，"好极了，你既然有这个兴致，我一定奉陪！明天我就去县政府跑一趟，县长一定会乐坏了！说真的，我就怕你去广州，只要你不去广州，你干什么我都奉陪！""我去我的广州，你怕什么怕？"世纬一怔。

"怎么不怕！你去了广州，我怎么办？"绍谦睁大了眼睛，摊着手说。"你有什么难办的？""当然难办了！"绍谦嚷着，"我说叫我爹去提亲，你说要我慢慢来，说什么你会支持我，结果我这水磨功夫磨得慢极了，你的支持也不见什么效果⋯⋯假若你去广州，青青当然跟着你这哥哥去！那么，我要怎么办？"

世纬愣住了。看着绍谦那坦白的、真挚的、热切的面孔，忽然间，就心烦气躁起来。在他内心深处，去广州是一条必行之路，但是，现在却有多少牵绊呀！青青、小草、静芝、绍谦⋯⋯怎么，那广州好像离自己越来越远了。

世纬就这样走进了立志小学，开始他的教书生涯。县长发现他有这么好的资历，居然肯来接管小学，太高兴了，立刻委派他做校长。他成了立志小学的校长，手下只有一位教员，就是绍谦。他们两个，对这样的安排都很满意。小草也这样走进立志小学，开始她的读书生涯。虽然，振廷对世纬去教书，简直是大惑不解，他皱着眉问：

"县长有没有说，可以给你们多少薪水呢？"

"这倒没有问！""你这不是奇怪吗？"振廷愕然地说，"我那绣厂、丝厂、绸缎庄、纺织厂任你选！那才是家里祖传的事业！"

"不不！"世纬急忙说，"我对做生意一窍不通，教教书还可以……最主要的是我有兴趣。反正，都是暂时做做而已，不在乎什么待遇！""可是……"振廷还要说什么，静芝已急忙扑过来，哀声地喊："振廷，他要做什么，你就让他做什么吧！不要再限制他了！只要他肯留下来，他做什么都可以！我不在乎，媳妇儿也不在乎，你就少说两句吧！"

振廷瞪着静芝，欲言又止。青青每次被静芝唤作媳妇儿，都会面红耳赤浑身不自在。世纬见自己这"假儿子"的身份越搞越真，连振廷都有些迷糊起来，居然要自己去做"祖传的事业"，就把眉头皱得紧紧的。只有小草好兴奋，拉着青青的手欢声说："我要去上学了！青青，我要进学堂了！以前在东山村，我看到别人去上学，我都好羡慕，现在，我也可以进学堂念书了！"世纬和小草，都兴冲冲地去了学校。可是，在这上课的第一天，两人都非常不顺利。

先说世纬。世纬走进教室的时候，已经发现小虎子、万发、阿长、大全这几个较大的孩子，有点儿鬼鬼祟祟。但是，他一点戒心都没有。在讲台上刚站定，小虎子举手说：

"老师,你的课本在抽屉里!我们上次上到第五课,顾老师就走了,不教了!""哦!"世纬高兴地说,"好极了!让我看看你们念过些什么。"说着,他就一把拉开了抽屉。

骤然间,一条彩色斑斓的大蛇,从抽屉里直窜而出。世纬在北方长大,北方很少有蛇。他这一吓,非同小可,一面惊叫,一面动作好大地跳开,连椅子都撞倒了。小虎子、万发、阿长等爆笑起来。但是,那条蛇已落在地上,蜿蜒地向孩子们游去。来福、来宝、豆豆……包括小草和绍文,都吓得尖声大叫,有的跳到桌子上,有的夺门而逃。一时间,跑的跑,叫的叫,跳的跳,笑的笑……教室里秩序大乱。

世纬来不及思想,救孩子要紧!他冲上前去,出于本能地抬起脚来,对着那条蛇的脑袋就用力踩下去。他听到小虎子一声惨叫:"不要踩它!不要踩它!"

来不及了,他已经把蛇踩死了。小草扑过来,紧张地问:

"大哥,你有没有被蛇咬到?"

一句话提醒了世纬,卷起裤管一看,才发现有好几处咬痕,正渗出血来。小草脸色都吓白了:

"不知道有没有毒?怎么办?"

绍谦冲进教室,一看这等情况,跌脚大叹:

"你怎么用脚去踩蛇啊?把蛇头踩了个稀巴烂,也看不出是什么蛇……"他抬头对众学童严厉地看去:"小虎子,是不是你搞的鬼?你说!"小虎子脸色早已惨变,此时,再也忍不住,眼泪一掉,他放声大哭,转头飞奔出了教室,嘴里乱七八糟地嚷着:

"我恨你们！我恨你们！我要报仇！"

"怎么回事？"绍谦大惑不解。

"这条蛇的名字叫小花，"大全这才说了出来，"它没有毒，好温驯的……它是小虎子养的……是小虎子最心爱的宝贝！"

完了！世纬想，上课第一天，就把这孩子的宠物给踩死了。他看着地上那条蛇，整个人都呆住了。

再说小草。小草穿了一双新鞋，这鞋子是青青花了好多天时间，夜以继日，帮小草缝制的。去学校上课，不能穿新衣服，也得穿双新鞋。小草看到青青为这双鞋熬夜不睡，用力纳鞋底，粗麻线把手指都抽破了，小草好不忍心，对自己那双新鞋，真是爱得不得了。这天下午，"小花殉难"的事件已经过去。小虎子在世纬的百般安慰下，似乎也已平静了。上完体育课，小草要到井边去打水洗手。才走到走廊转角处，小虎子突然跳了出来，拉住她的辫子，就往后用力一拽。

"啊！"她痛得叫了起来。还没回过神来，已经有人用力对她的脚踩了下去，她又叫了起来："啊！"

忽然间，大全、阿长、万发、小八……好多好多孩子，都涌了过来，小虎子扯住她的辫子，对众人发令：

"快点快点，一人踩一脚！"

于是，大家就纷纷地上前，每个人对着她的新鞋，狠狠地踩上一脚。由于痛，由于惊慌，更由于心痛那双鞋，她哭了起来，一面哭着，一面哀求着：

"不要不要，不要踩我的新鞋，这是青青一针一线给我缝的呀……""穿新鞋就要给大家踩！"小虎子凶凶地说，"来！

大家踩！用力踩！"每个人都跑来踩。只有女孩儿豆豆，怯怯地摇着头，怜悯地说："不要踩了啦，她都哭了！"

"你踩不踩？"小虎子威胁豆豆，"不踩就踩你！"

正闹着，绍文飞奔而来，见状大惊。

"你们干什么欺侮小草？我告诉我哥去！"

孩子们立即一哄而散，剩下小草和绍文。小草低头看自己的新鞋，已经被踩得全是泥泞，面目全非。她蹲下身子，抚摸着那滚着红缎边的鞋面，泪水滴滴答答地滚落了下来。绍文则气得掀眉瞪眼，拉着小草说：

"走走走！我们去找我哥和你哥，让他们主持公道！我哥一定会帮你出气的！走呀！""不要嘛！"小草用手背擦了擦眼泪，"拜托拜托你，咱们谁也不要说了，大哥被蛇咬了，他已经很难过。如果再知道我被欺侮，他会更难过的！算了算了，你陪我去井边上洗鞋子，我一定要把鞋子洗干净，不能让青青看到，我的鞋子变成这个样子！""可是我很生气呀！"绍文摩拳又擦掌，"我们不能这样就算了！我太生气太生气了！"他咬牙切齿地说，"你不说，我去说！""求求你不要去嘛！"小草一急，泪珠又滚滚而下，"如果大哥知道了，青青也会知道的！我不要让她知道，她会好伤心好伤心的！"说着，就抽抽噎噎，更加泪不可止。

"好嘛好嘛，"绍文最怕女孩子哭，慌忙说，"你别哭，我不说就是了！走吧！陪你洗鞋子去！"

结果，为了怕青青难过，世纬和小草，双双隐瞒了上课的情形。世纬没说被蛇咬，小草也没说被欺侮。

75

第十章

青青以为世纬和小草，都已找到生活的目标。一个教书，一个读书，这是多么美妙的事情！假若世纬因此再也不轻言离去，那就是她最大的梦想和希望了！这扬州山明水秀，风和日丽，不像北方那样萧索和荒凉。假如……假如……自己能留在这个地方，不再漂泊，岂不是今生最大的幸福？假如……假如……婆婆那句"媳妇儿"，能够弄假成真，岂不是……这样想着，她就忍不住耳热心跳起来。世纬世纬啊，她心里低问着，你到底是什么居心呢？你一定要把我让给绍谦吗？想到绍谦，她的心绪更加紊乱了。那热情真挚，又带着几分孩子气的绍谦，确实有动人心处！如果自己没有先入为主的世纬，一定会对绍谦倾心的。或者，自己应该把对世纬的感情收回，全部转移到绍谦身上，这样，说不定就皆大欢喜了！那该死的何世纬，他到底是木讷无知呢，还是根本不把她放在眼底心上？不能想。她摇摇头。想太多就会变成婆婆一样。她把那些恼人的思绪抛诸脑后，开始安排自己的生活。世纬和小草，各有所归，每天清晨就去学校，傍晚时分才回来，她却长日漫漫，不知怎样度过。于是，她去求静芝和月娘，能否也给她一份工作。月娘非常热心，正好绣厂中缺乏刺绣的女红，于是，青青就进了绣厂。江南的苏绣，和湖南的湘绣同样有名。青青是北方姑娘，大手大脚，对刺绣这等精细的工作，本来并不娴熟。好在，青青年轻，又一心求好，学习得非常努力。再加上，第一次看到绣厂中这么多姑娘，端着绣花绷子，耳鬓厮磨，轻言细语的，也真别有情调。再再加上，那上班的第一天，她发现了一件事，就高兴得不得了。

这天，她拉着一个姑娘的手，站在立志小学的门外，等世纬、绍谦他们放学。当两个老师带着一群孩子出了校门，青青就急切地把那个姑娘推上前去。

"你们看看，认不认得她？"

世纬和绍谦一抬头，只见这位姑娘，浅笑盈盈地面对着他们。明眸皓齿，玉立修长，美得不可方物。两人都觉得眼前一亮，还来不及反应，小草已脱口惊呼：

"石榴姐姐啊！观音菩萨啊！你怎么在这里呢？"

观音菩萨？两人再定睛细看，可不是吗？明明就是那位大慈大悲、救苦救难的观音呀！绍谦推着世纬，无法置信地嚷着："你瞧你瞧，这观音下凡，不一样就是不一样！让人瞧着就想顶礼膜拜！真是漂亮啊！"

"观音"被这样直接的赞美，弄得脸都红了。

"哇！"世纬太意外了，"你们两个，怎么会在一起呢？"

"说来，你一定不会相信！"青青笑得灿烂，"原来石榴在傅老爷的绣厂上班呀！我今天去绣厂工作，石榴来教我绣花，我这一瞧，真吓了一跳呢！简直不敢相信呀！有观音菩萨来教我，我还能绣不好吗？"

"石榴姐姐，你不是在镇江吗？"绍文好奇地问，"你怎么到扬州来了？""其实，我是扬州人。"石榴清清脆脆地开了口，声音就像那天一样，和煦如春风，"我外公是镇江人。所以，那天我去镇江扮观音，扮完观音，就回到扬州来工作。事实上，我在傅家绣厂，已经做了三年了！"

"太好了！"世纬笑着说，"我现在必须相信，人与人之间，有那么一种奇异的缘分，有缘的人，不论是天南地北，总会相遇。""有学问的人，不论是上山下海，总能说上一套！"绍谦接话。大家都笑了起来。从此，在扬州的山前水畔，世纬等三大两小的"五人行"，就增加了石榴一个，变成"六人行"了。青春做伴，花月春风。这六个人还真正有段美好的时光。

但是，青青在欢乐之余，情绪却越来越不稳定。她本来就不是个脾气很好的人，她倔强、好胜、冲动，又容易受伤。现在，在每晚对世纬的期待之中，她逐渐体会到自我的失落。小草的琅琅书声，更唤起了她强烈的自卑感。没念过书的乡下姑娘，既非大家闺秀，又非名门之女，凭什么有资格做梦呢？可是，她有时就会恍恍惚惚的，忘了自己是谁。

然后，有一天晚上，她发现世纬的脚踝肿得好大，走路都一跛一跛的了。她冲过去一看，吓了好大一跳。

"你的脚是怎么回事？是扭伤了，还是摔伤了？"

"是被蛇咬到了！"小草在一边，冲口而出，"已经好多天了，大哥也不看医生，又不许我讲……现在肿成这样子，也不知道那条蛇有毒还是没毒！"

"什么？被蛇咬了？快给我看！"青青不由分说，就卷高了世纬的裤管，看着那已经发炎的伤口，急得眼圈都红了，"你瞧你瞧，都已经灌脓了，你是怎么回事嘛？为什么不说呢？为什么不治呢？小草！赶快把我的针线包拿来，再拿一盒火柴来！""我已经擦过药了，"世纬急忙说，"我想没关系，明天就会好了！你拿针线干什么？"

"别动！"青青按住他的脚，自己跪在他面前，把那只脚放在一张矮凳上。"我们乡下，有治伤口发炎的土办法，蛮管用的，就是有点疼，你忍着点儿！"说着，她就拿一支针，用火细细地烤，把针都烤红了，然后，就用针去挑他伤口周围的水疱，再用力挤，直到挤出血来。世纬被她这样一折腾，真是痛彻心扉，忍不住说："请问你得扎多少个孔才够？"

青青一抬头，眼里竟闪着泪光，她哽咽着说：

"我知道很疼，可是没办法，你还要再忍一忍！"说着，她就对那伤口俯下头去，用力吸吮着。

"老天！"世纬挣扎着，大惊失色，"我不让你做这种事！你别这样！快起来！快起来！"

青青置若罔闻，按着世纬的脚，她没命地吸着。小草慌忙捧了痰盂，站在旁边伺候着。青青迅速地吸一口，啐一口，

79

全神贯注在那伤口上。世纬放弃挣扎,内心骤然间汹涌激荡,伤口的疼痛,像火灼般蔓延开来,烧灼着他所有的神经,所有的意识。青青吸了半天,再检视那伤口,只见干净的、新鲜的血色,已取代了原来暗浊的淤血。她这才长长地吐出一口气来,说:"行了!现在可以擦药了!最好有干净的纱布,可以把伤口包起来……""我去找月娘拿药膏和纱布!"小草放下痰盂,转身就奔了出去。青青听不到世纬任何的声音,觉得有点奇怪,她抬起头来,立刻接触到世纬灼热的眼光。她怔住了!心脏猛地怦然狂跳。这种眼光,她从未见过。如此闪亮,如此专注,如此鸷猛……像火般燃烧,像水般汹涌,无论是火还是水,都在吞噬着她,卷没着她。她跪在那儿,完全不能移动,不能出声。迎视着这样的眼光,她竟然痴了。

两个人就这样彼此凝视着。天地万物,在这一瞬间,全体化为虚无。时间静止,空气凝聚,四周一点儿声音都没有,只有两人的呼吸声,越来越急促,越来越沉重。

然后,世纬身不由己,他伸手去轻触青青的发梢,手指沿着她的面颊,滑落到她的唇边。她的嘴唇热热的,湿润的。她的眼光死死地缠着他,嘴唇依恋着他的手指。大大的眼睛里,逐渐充满了泪。一滴泪珠滑落下面颊,落在他的手指上。他整个人一抽,好像被火山喷出的熔浆溅到,立即是一阵烧灼般的痛楚。他的神志昏沉,他的思想停顿,他的血液沸腾……就在这时候,小草捧着一大堆东西,急冲进来。

"来了!来了!"她一迭连声地嚷着,"又有纱布,又有棉花,还有什么什么解毒散,什么什么消肿丸,我全都拿来了……"世纬一个惊跳,醒了过来。迅速地抽回了手,他跳起身子,十分狼狈地冲向窗边去。青青正陷在某种狂欢中,不知自己身在何方,也不知道自己身在何年。世纬这突兀的举动,把她骤然间带回到现在。"不要这样对我!"世纬的声音沙哑,头也不回,"我不要耽误你,也不允许你耽误我!所以,不要对我好,不准对我好!知道吗?知道吗?"青青张着嘴,吸着气,狂热的心一下子降到冰点。她仍然跪在那儿,不敢相信地看着世纬的背影。

"大哥,青青,"小草吓坏了,不知道这两人是怎么回事,小小声地说,"你们怎么了?不是要上药,要包纱布吗?……""不要纱布!不要上药!什么都不要!"世纬一回头,眼光凶恶,声音严厉,"你们走!马上走!快走啊!"

青青眼泪簌簌滚落,她急急站起,回头就跑。由于跪久了,脚步踉跄。小草把手上的纱布药棉往床上一放,对世纬跺着脚说:"你为什么要这样对青青吗?你太过分了!太过分了!青青会哭的,你知道吗?你每次凶了她,她都会躺在床上掉眼泪的,你知道吗?"

回过身子,她追着青青而去。

世纬目送她们两人消失了身影,心中像堵了一块石头,说不出有多难过。他重重地往窗子靠去,后脑勺在窗棂上撞得砰然作响。这件"太过分"的事,小草很快就忘了。因为学校里还有好多好多事情要面对。但是,青青却忘不了。她不知道那天的欢乐,怎么会消失得那么快,更不知道世纬怎会如此喜怒无常。但是,有一点,她是深深了解的,世纬宁可把她推给绍谦，就是不想要她。绍谦，他是她的另一个烦恼。

绣厂中，每天中午吃饭时都有一段休息时间，不知何时开始，绍谦常常带着好吃的东西，送来给青青和石榴吃。每次，小草和绍文不甘寂寞，总是跟着来，世纬应该很识相才对，可是，不知怎么，他也会跟在后面。来了之后，又这也不对、那也不对的问题多多。自从"治蛇咬"之后，世纬一直避免和青青单独相处。但，在"六人行"中，他又不肯真正落单。于是，绍谦发现，要和青青讲两句知心话，简直不是一件容易的事。青青周围，永远围着一大群人。而世纬的承诺和支持，又一点效果都没有。甚至于，他有时觉得，这世纬成事不足，败事有余，常在有意无意间，破坏了他百般制造的机会。他对世纬，实在有气。书呆子就是书呆子，就像管学校一样，他坚持要实行"爱的教育"，反对绍谦用体罚，结果孩子们顽劣如故，常常欺负绍文和小草。但他宁可弟妹被欺负，也不肯改变教育方法。真是个顽固的书呆子！绍谦对世纬，是一肚子的无可奈何。

这天，他好不容易，逮住了一个机会，看到青青单独在绣厂的花园里走动。他四顾无人，冲上前去，拉住她就跑。嘴里急急地说："我有要紧事要跟你说！"

青青没办法，被他一直拉到绣厂隔壁的文峰塔。

"到底有什么事，你快说吧！"青青有些不安。

绍谦满头大汗，掏出手帕来扇着风，眼睛东张西望，就是不敢看青青，一副手足失措的样子。

"好热啊！"他紧张兮兮，刚擦掉额上的汗，鼻尖上又冒出汗来，"你热不热？"青青又好气又好笑，又心有不忍。

"你不是说有要紧事吗？你说还是不说啊？"

"哦，好好好，我说！我说！"他飞快地看她一眼，脸涨红了，支支吾吾地说，"是是……这样子的，算一算呢，我们交往也有一段日子了……关于我这个人怎么样，还有我对你怎么样，你就算没有十分清楚，好歹也有个七分了解。所以……我……我……""不要说了！"青青一急，慌忙阻止。

"怎么了？"绍谦怔了怔，"我还没有说到主题呢！"

"我叫你别说，你就别说了嘛！"青青开始倒退。

"为什么呢？"绍谦一急，也不害臊了，身不由己地跟着她走过去，"最重要的部分我还没讲到呀！我要你嫁给我呀！"

青青脚下，一根大树根绊了绊，她站不稳，差一点摔一跤。绍谦慌忙伸手扶住，青青又慌忙挣开绍谦的手，两人都闹了个手忙脚乱。青青心烦意乱之余，眼中就充泪了，绍谦一看这等局面，挥手就给了自己一耳光。

"瞧！我这张笨嘴！明明是'求亲'嘛，却给我搞得像'逼亲'似的！"青青见此，方寸大乱，泪汪汪地瞪着绍谦，一句话也说不出来。"喂喂，"绍谦着急地说，"你可别哭，别生气呀！我知道我的口才差劲极了！可我有什么法子？从小我就爱拳脚不爱念书，现在后悔也来不及了！不管怎么说，我最少还有两样优点，一我身体棒，二我绝对能够保护你，虽然我不会讲好听的话，可我这个人，从头到脚都实实在在的啊！"

青青仍然不说话。"你嫌我哪里不好，我还可以改！"绍谦更急了，"我好不容易把话说出口了，你也回我一句话呀……"

青青再也无法沉默了。她哽咽着开了口：

"绍谦，你的求亲，让我好感动，我这样一个人……能够有你这么好的男人来求亲……真是我前生修来的……可是，我不能够答应你！有许多事，你根本不了解……我……我……就是不能答应你！"说完，她的眼泪夺眶而出，掩面飞奔而去。

剩下绍谦呆呆地站着，又沮丧，又失意，又自责。

"笨！"他喃喃地自语，"一定是我把话讲得太急了！太直接了！应该要婉转一点呀，应该要先表明心迹呀……瞧，事情被我弄砸了！笨！"他抓抓头，抹去额上的汗，"对，快找世纬商量大计，看还有补救的办法没有。"

他转身就去找世纬了。

第十一章

就在绍谦去找世纬"共商大计"的时候，青青也找了石榴"一吐真情"。在这"观音菩萨"面前，她似乎可以"得救"。再也无法隐瞒自己的身世，再也无法承受两个男人给她的压力，她终于把一些心头的秘密，向石榴和盘托出了。

当石榴知道她和世纬，根本不是兄妹时，惊讶得眼睛睁了好大好大。然后，她细细沉思，顿时恍然大悟。

"原来，那个何世纬，才是你的心上人啊！"她坦率地说，一对颖慧的眸子，直看到青青内心深处去，"我这才明白了！这些日子来，我一直觉得你们三个人怪怪的，现在我全明白了！怪不得绍谦每次来找你，世纬总跟着来，一副老大不痛快的样子！原来，原来他根本在吃醋呀！"

"什么？"青青大大一震，盯着石榴问，"有吗？他真的有吃醋吗？我看他巴不得我赶快嫁给绍谦呢！"

"不不不！"石榴急忙摇头，"他肯定是喜欢你的！每次,他的眼睛总是盯着你,你笑,他也笑;你皱眉,他也皱眉……他明明是喜欢你呀!"石榴抓住了青青,"你是当局者迷,我是旁观者清啊!""真的吗?"青青的呼吸都急促了起来,想到治蛇毒的那个晚上,他的手指,曾轻触过她的嘴唇。她不自禁地就抿了抿嘴唇,那手指的余温似乎还留在唇上呢!石榴凝视着她,看她这种神思恍惚的样子,心中已全然明白,不禁着急地问:

"你们两个,是在开绍谦的玩笑吗?那裴绍谦是个耿直的人,不会跟着你们兜圈子啊!到底,你们三个人之间,是怎么回事呢?""我比你更糊涂啊!"青青委屈而激动地说,"你说世纬喜欢我,可是,他不要我啊!他拼命把我推给绍谦,绍谦又什么都不知道,就是缠着我又送花又送树的,我被他们两个人搞得晕头转向,乱七八糟,你根本不晓得我有多倒霉!"

石榴定定地看了她好一会儿。

"依我看……"她慢吞吞地说,"他们两个大男人,才被你弄得晕头转向、乱七八糟呢!"

青青一惊,震动地去看石榴。石榴对她温柔一笑,眉梢眼底,硬是有"观音菩萨"那种"救苦救难"的慈祥。

"听我说!青青。"她恳切而真挚地说,"这件事不好玩。如果你心里根本没有绍谦,你要趁早让他知道,免得他剃头担子一头热,将来怎么收拾才好,你要帮他想想啊!至于世纬……你是不是也应该好好跟他谈一谈呢?"

"怎么谈?"青青无助地说,"我和他根本没有办法谈话,每次都会生气,每次都弄了个脸红脖子粗,不是他对我吼,就是我对他吼……你不知道他那个人有多难弄……我一定是前辈子欠了他的!"石榴静静地瞅着她,点了点头。

"所以我们管小两口,叫作'冤家'啊!"

青青的心,怦然一跳。瞪着石榴,她张口结舌。心里却有些醒悟了。这天晚上,世纬在房间里踱方步。他不断地从房间这一头,走到那一头,又从房间那一头,走到这一头。心里像有一锅沸油,翻腾滚滚,煎熬着自己那纷纷乱乱的感情。绍谦下午,在学校办公室向他"求救",把他那已经理不清的感情,弄得更加混乱了。"你说你会支持我的,你赶快去帮我对她说,"绍谦急切地说,"你告诉她,我不逼她,我等她!我不急,反正二十多年都过了,也没讨媳妇儿!再等个三年两载,都没关系!只要你老哥,别把她带到广州去!"

怎么办?怎么对青青说呢?要她嫁给绍谦?真要她嫁给绍谦吗?舍得吗?真舍得吗?

他正烦恼不已,青青来了。

青青走进房间,关上房门,抬头定定地看着他。满脸的勇敢,满眼睛的坚决。声音清脆而有力:

"我来跟你说几句话,说完就走!"她吸了口气,"今天绍谦向我求亲,我拒绝他了。虽然他还弄不清楚是怎么回事,可是,我会慢慢让他弄清楚!我觉得,一个好女孩是不可以欺骗别人的,我不要让他认为被骗了!因为,这许许多多日子以来,我心里从来没有别的男人,只有你!"

世纬太震动了!睁大眼睛,他一瞬不瞬地盯着她。不能喘息，不能说话。"我知道我配不上你，你是大少爷，念了一肚子的书，有学问，有理想，还有一个门当户对的未婚妻！我呢？家庭、地位、学识……什么都没有！可是，我今天清清楚楚地告诉你，是你招惹了我的！如果你够狠心，你早就该摆脱掉我，你一直不摆脱我，现在，就太晚了！"

世纬的眼睛睁得更大了。

"我知道，你现在留在傅家庄，不过是为了安慰瞎婆婆，迟早，你是要去广州的！什么立志小学，什么青青小草，都不在你心里！说不定有一天你烦了，卷了铺盖，你就走了个无影无踪！就连你北京老家，你的亲生父母，都不曾留住你，我们这些老老小小，和你非亲非故，又凭什么来留住你！所以，当你要走的时候，你尽管走！至于我呢……"她拉长了声音，用力地说出来，"我反正跟定你了！"

"啊？"世纬终于吐出一个字来。

"你不要啊来啊去的！"青青哑声一吼，气势汹汹，"你放心，我还不至于那么老脸皮厚，我已经说了，我知道配不上你，也不敢痴心妄想什么。可是，我可以帮你洗衣服、烧饭、钉纽扣、做鞋子……照顾你的生活起居，说得再明白一点，我可以做丫头做用人，我不在乎的！"

"啊？"世纬又忍不住啊了一句。

"再说，你这个人是很容易受伤的！"青青急忙补充，"一会儿头打破了，一会儿脚被蛇咬……简直没片刻安宁，我如果不守着你，不知道你还会出什么状况！不过，你放心，我也给自己定出一个时间限制，时间一到，不用你赶我，我掉头就走,连丫头都不做!"

"啊?"他越听越奇,还有"时间限制"?"那个时间就是……"青青深深抽了口气,"你结婚的时候!等你把华家小姐娶进门,我就立刻离开你,再也不纠缠你了!好了!"她硬生生地一转身子,"我的话已经说完了!我走了!""慢着!"他一伸手,拉住了她,"你说完了?"

"说完了!"他抓住她的胳臂,深深地去凝视她的眼睛。她一阵心浮气躁,顿时勇气全消,垂下睫毛,她身子一挺,挣扎着甩开了他。他大踏步向前,再度捉住她,把她用力一带,就带进了臂弯里:"你说完了,是不是也该我说一句了呢?"

"你要说的话,我全都听过了!"她扭动身子。

"这句话你一定没听过!"他的声音低沉而沙哑。

"什么?""我……爱你!"他碍口地、生涩地、艰难地吐出这三个字。然后,他一俯头,就紧紧地吻住了她。

青青的心脏狂跳,她闭上眼睛,天地万物,全化为虚无。至于自己身在何处,身在何年,她又完全都不知道了。

第二天,世纬在学校中面对绍谦,心里真是惭愧极了。他已经答应了青青,要和绍谦说个明白。绍谦也追着他,满脸的焦灼与迫切。看到世纬充满歉意的眼光,和几乎是犯了罪似的表情,绍谦的心就沉进了地底。

"看来我真的没希望了,是吧?"他盯着世纬问。

"绍谦!"世纬简直不敢迎视绍谦的眼光,他吞吞吐吐地说,"我真对不起你,请……原谅我!"

"什么话?"绍谦泄气地一击掌,又去敲自己的脑袋,

"是我自己不争气，笨头笨脑搞砸的！不关你的事嘛！我知道你已经尽了力，能帮的也都帮了！"

"不！你不懂，"世纬痛苦地说，"我根本没帮你，我是你的绊脚石……你却始终被蒙在鼓里！"

"你在说些什么呢？"绍谦愕然了。

"听我说！"世纬鼓足勇气，一口气说了出来，"我跟青青不是兄妹！我们非亲非故，她和小草才是邻居，我们三个是误打误撞地凑在一块儿的，原来我只打算把她们送到傅家庄就走，谁知道出了一大堆状况，我居然走不了，当时为了简单起见，就自称是兄妹……所以，我不只是个假儿子，也是个假哥哥！""哦？"绍谦听得一愣一愣的，他皱着眉头，被搅得头昏脑涨。单纯的他，一时间，脑筋完全转不了弯。"假哥哥！假哥哥？"他念叨着。"是啊！"世纬接话，更快地说，"更糟糕的是，我早已在不知不觉中，爱上了我这个假妹妹！"

"你……你在说什么？"绍谦完全呆了。

"我在说……"世纬心一横，脱口而出，"我和青青，彼此相爱呀！"绍谦一脸的震惊，瞪着世纬，半晌说不出话来。

"我知道你在一时之间，一定不能接受，"世纬急急地说，"我也不知道要怎么样对你解释才好！总之，这是事实，我和青青，一路结伴来扬州，彼此保护，彼此照顾……大概老早老早，就彼此有情了！""这太荒唐了！"绍谦喃喃地说，"不可能的！"

"可能的可能的！"世纬慌忙接话，"本来我是诚心诚意要把她嫁给你的，因为你才能给她一个安定的家，和完整的爱，我是注定要漂泊和流浪的！谁知道，我竟然情不自禁地爱上了她……对不起，绍谦，我说不出有多么抱歉……"

绍谦注意地听，努力地试图了解，他终于有点明白，是怎么一回事了。"所以……你根本是个假哥哥！"他嘟囔着。

"是的。""所以……你根本爱着青青的……"

"是的。""所以，你从没有支持过我什么，帮助过我什么，你尽扯我后腿，把我当傻子一样玩弄着……"

"不，不是的……"他话还没说完，绍谦冲过去，一手揪起他胸前的衣服，一手就抡起拳头，对准他的下巴，他大吼着：

"我打死你！我打死你这个假哥哥！"

"你打你打！"世纬昂着下巴，准备挨这一拳，"是我欠你的！你打吧！我不还手……"

绍谦的拳头停在半空中，眼睛里冒着火，死死地盯着世纬，他咬牙切齿地说："我……我……我偏不揍你，我就要让你内疚，让你痛苦，让你一见我就不好过，让你……让你……"他说不下去，愤怒像潮水般将他淹没。他的拳头终是挥了出去，正中世纬下巴，砰的一声，把他打得向后仰摔过去，带翻了书桌，毛笔、砚台、书本……乒乒乓乓落了一地。

小草和绍文急冲进来。小草大惊失色，慌忙去扶住世纬，抬头对绍谦着急地说："裴大哥，你怎么了？你为什么要打他呢？你们不是铁哥儿们吗？""去他的铁哥儿们！"绍谦甩甩衣袖，掉头就走，"他一身都是假的！假道学、假义气、假儿子、假哥哥、假朋友……这种假人，我怎么会跟他是铁哥儿们？"

他走了。世纬坐在地上，却真正地难过极了。

第十二章

接下来,有好多日子,绍谦都不和世纬说话。他自顾自地上课下课,一个人来,一个人走,常常连绍文都不管。他既不去绣厂,也不去傅家,像个独行侠。

世纬难过极了,却不知该怎样打破这种僵局。青青夹在中间,更是左右为难。明知自己说什么都错,所以根本不敢去劝解或安慰绍谦。只有石榴,她非常乐观地说:

"没关系的!事情讲开了反而好!绍谦那个人,生气也生不久的,过几天,他就会忘了!"

就在世纬、青青、绍谦三个人各有心病纠缠不清的时候,小草却在努力地适应她的学校生活。

她适应得并不顺利。小虎子是孩子王,带着众学童,已经公然和她成了敌人。因为她和绍文,是老师的弟弟妹妹,自然就变成大家反抗的目标。小虎子天不怕地不怕,被他气走的老师也不少,就是没见过像世纬、绍谦这样的老师,蛇也咬不走，捣蛋也捣不走，好吧！大家比厉害，小草和绍文就遭了殃。被掐被打被拉辫子，简直是家常便饭，有次还把两个人诱进柴房，关了足足两小时，才被绍谦发现救下来。世纬坚持"爱的教育"，不能体罚，而且，孩子们要适应群众的社会，小草和绍文，绝不能因为自己的身份而享有特权，他们要主动去争取友谊。所以，明知两个孩子受了很多委屈，世纬就是不肯严惩小虎子。这天，小草正在大树下背唐诗，豆豆来了。

"小草！"豆豆怯怯地喊，她是立志小学中唯一的小女孩，自从小草来了，才有了伴。但是，平时慑于小虎子的"权威"，都不敢和小草说话。现在，看到大男生都不在，她再也忍不住，就溜到小草身边来。"我们做朋友，好不好？"

"做朋友？"小草惊愕地四面看看，"你是不是在骗我？上次也是说做朋友，把我骗到柴房里去关起来！"

"不不！真的，我好喜欢你呀！"豆豆真心真意地说，就从怀里掏出一个蚕茧，"喏！我送你一个蚕茧，是我自己养的蚕做的茧地！是今年的第一个茧地！这只蚕是白色的，可是吐了一个金黄色的茧，好不好看？"

"太好看了！"小草感动极了，这是第一次有人要和她做朋友，她真不知道如何回报是好。一个激动，从脖子上取下了荷包。"我有一个百宝荷包，里面都是我最宝贵的东西，我把蚕茧收进去，我也要找一样东西送你！"她取出一粒弹珠，有点心痛，却终于大方地"割爱"了，"我有两颗，送一颗给你！""哇！好漂亮啊！"豆豆欢呼着。伸出手去，还没拿到，弹珠就劈手被小虎子抢去了。

"呵！彩色弹珠！"小虎子大喊。

"是我们的！"小草急急地说，抬头一看，阿长、万发、大全、小八等人，全站在面前。她瑟缩了一下，勇敢地伸出手去抓："还我！还给我！"

"来拿呀！来拿呀！"小虎子把弹珠举得高高的，边喊边跳开。"她还有一个荷包！"万发嚷。

小草急忙伸手去抓荷包，万发比她更快，抓起荷包，一个"快投"，传给了阿长，阿长再一个"快投"，传给了小虎子。小虎子一手握弹珠，一手握荷包，向学校的后花园奔去，嘴里嚷着："好好，这一下报仇时间到了！你哥哥踩死了我的小花，我就丢掉你的荷包！""不要！不要！"小草尖叫着，追在后面，"那是我海爷爷给我的东西……求求你不要不要呀……"

来不及了。小虎子站在水井旁边，手一松，荷包笔直地落入深井。然后，孩子们就一哄而散了。

小草扑奔到井边来，俯身下望，黑黝黝的井，深不见底，那荷包连影子都看不到了。她这一下子心痛至极，扑在井边，失声痛哭起来，这一哭真是肝肠寸断。把绍谦、世纬、绍文全都引来了。听到事情经过，绍谦气得摩拳擦掌，马上要去找小虎子算账，世纬却阻止说：

"他并不知道这是小草的心肝宝贝，和小花之死比起来，这是小事了！算了算了！我们还是来捞荷包吧！"

两人忙着把水桶放下去，左打一次水，右打一次水，哪儿捞得起荷包。绍谦气冲冲把水桶一丢，对世纬夹枪带棒地吼着："你是大教育家，大学问家！你有本领，你能干……你就拿出办法来治治他们！别让咱们的弟弟妹妹，到这儿来送命！"

小草生怕绍谦又要动手打世纬，急忙往两人中间一站。想说句没关系，就是说不出口，才张开嘴，太伤心了，眼泪就直往下掉。绍谦气得一甩袖子，拉着绍文转身而去。世纬心痛万分，蹲下身子，搂住小草，想说一些安慰的话，却很明白说也无益，这种心痛，岂是言语能够安慰？他注视着小草，把她用力一搂，按在肩上。让这孩子，伏在他肩上哭了个够。平日小草在学校里被欺负，不论是拉辫子，踩鞋子，掐一把，推一下……她都没有告诉青青。但是，这晚实在太伤心了，伤心得没有力气保密了。青青听完了小草的叙述，气得脸都发白了。她站起身子，就冲往世纬房间去找世纬理论。小草追在后面，哭着喊："不要啦！青青，你和大哥，最近才讲和不吵架了！不要再为荷包去骂他嘛，他也没办法嘛……"

青青那火暴脾气，怎能忍受这个，她奔入回廊，穿过院子，直冲进世纬的房间。这样一阵喧闹，把静芝、振廷、月娘全部惊动，也跟着追了进来。

"你这个大哥是怎么回事？"青青对世纬喊着，"你怎么能让她受到这么严重的伤害？你怎么可以呢？"

"怎么了？怎么了？"静芝摸索着喊，"媳妇儿，你干吗生这么大气？元凯，你怎么得罪青青了？"

世纬无奈地看着静芝，又惊动了老太太，实在是糟透了！他叹口气，对青青说："那几个孩子不过是淘气，只要给我时间，我一定会管教好他们的！""管教好？你根本管不了他们！"青青说着，就去卷小草的衣袖，又去卷小草的裤管，对振廷、月娘、静芝说："你们看看，小草浑身都是伤，这里紫一块，那里青一块，她咬着牙不说，可是，我怎么会不知道呢？今天，居然把小草的荷包，也丢到井里去了，实在太过分了嘛！"

"荷包啊！"振廷叹口气，"是怎样的荷包？我叫长贵去给她再买一个！别闹了！""荷包是可以再买，里面的东西怎么买得回来呢？每样东西都是她海爷爷给她的！"青青说着说着，声音就哽住了，"小草一年才见海爷爷一次，其他三百多天都在吃苦受罪，那个荷包是她唯一的安慰，她数着里面的小东西，想着她的海爷爷，这才把眼泪往肚子里吞……她是这样挨过来的！你们不知道，你们根本不知道……好不容易来到这儿，海爷爷又不见了！她每晚翻着看着她的荷包，才睡得着觉……你们不知道！你们根本不知道！"

小草被青青这样一说，眼泪更是掉个不停。她却忙着用衣袖去擦青青的眼泪，啜泣着说：

"不要说了！青青，不要说了嘛！"

静芝十分震动，她摸索着说：

"小草，你过来！"小草依偎了过去。静芝摸着她的面颊、脖子，掏出手绢为她拭泪，说："孩子啊，你不要伤心，咱们已经派了好多人去找你海爷爷了，有了海爷爷，荷包就不重要了。婆婆知道什么是伤心，什么是心痛，什么是和亲人离散的悲哀……婆婆答应你,一定把你的海爷爷找回来,好不好?好不好?"

"婆婆!"小草哭着,搂住了静芝,把她抱得紧紧的,把自己的面颊埋进了静芝怀里。静芝就震动地享受着这小手臂的温暖,不记得自己多久没有被孩子这样亲热过了。

振廷看了静芝一眼,回头又看了世纬一眼。眼中,尽是悲痛与无奈。什么是伤心,什么是心痛,什么是和亲人离散的悲哀……静芝有她梦幻中的安慰,他呢?他总不能把世纬当成元凯啊,摇摇头,他走了。月娘的眼光,不由自主地跟随他而去了。青青看着这一切,陡地平静了下来。是的,和傅家的伤痛比起来,一个小荷包又算什么。忽然间,她就体会出什么是人生真正的悲哀了。两天后,世纬正在教室批改学生的习字本,万发忽然冲进教室,大声嚷着说:"老师,不好了,小虎子在山上跌断了腿,不能动了!"

世纬大吃一惊地跳起来,急忙说:

"在哪里?快带我去!"

万发领头跑,世纬跟着去。小草、绍文等一群孩子全追着世纬跑去。绍谦在一旁看着,有句话卡在喉咙里,他很想提醒世纬"当心有诈"!但是,他还没有原谅世纬,也没有和他恢复邦交,就眼睁睁看着他跑走。什么都没说。

果然,世纬中计了。到了山上,世纬远远地就看到小虎子,躺在一堆荆棘丛中,哼哼唉唉地叫哎哟。世纬完全不疑有他,直着喉咙大喊:

"别怕别怕,老师来了……"

话还没说完，脚下已一脚踩空，接着就掉进一个好深的坑洞里去了。小虎子一翻身从地上站起来，抚着肚子哈哈大笑。阿长、万发、大全、小八都跟着大笑。来宝、来福笑了笑，听不到世纬的声音，觉得不好笑了。小草、绍文、豆豆等较小的孩子全扑到洞边去看世纬。

世纬这一摔，非同小可，坑下全是凹凸不平的巨石，他的右脚在石头上重重一挫，已经痛入骨髓，额上顿时冒出豆大的冷汗，话都说不出来了。

"大哥！"小草急喊，"我们拉你出来！快，把手给我们！"

世纬痛得直吸气，试着要撑起身子，右脚才一点地，痛楚就撕裂般地蹿上来，他咬着牙，抬头对小草和绍文说：

"不行，我想，我的右脚大概摔断了！你们快去找绍谦来！我没有办法出来了！"小虎子、万发、阿长等一些大孩子，也笑不出来了。小草爬起身，一转头对小虎子说：

"你们为什么要这样对他嘛？你们欺负我没有关系，欺负我一个人就好了嘛，为什么要害我大哥嘛！他那么着急地跑来，是要救你呀！他也不是故意要踩死你的小花，是怕我们被蛇咬呀！自从踩死小花，他就好难过，你知道吗？你为什么要害他呢？"一边说，一边哭着去找救兵。

小虎子面色苍白，走到洞边，他往里看。这事发展成这样，完全不是他的本意，他只想开个玩笑，并不想伤害世纬。这不好玩，一点也不好玩！

"老师，我跳进来帮你！"

"不要进来！不要进来！"他急忙喊，"里面好多尖石头！

有一个人受伤已经够了，千万别进来！"

小虎子抬头看几个大孩子，一声令下：

"来，我们把老师救出来！"

等到绍谦气急败坏地赶来时，发现小虎子带着众孩童，已经把世纬抬出来了。小虎子奋力扶住世纬，其他孩童左右前后，簇拥着世纬，人人面有愧色。小虎子由于使劲，脸都涨得通红，他一面扶着世纬，一面急切地说：

"老师，你尽管压在我肩上，没有关系的！我从小就下田干活儿的，身强力壮，不怕压……"

绍谦挑起了眉毛。看到世纬这份狼狈相，他对他的气，不禁消了大半。看到小虎子拼了命地扶持，他这才对世纬那忍辱负重的教育法，有了几分心悦诚服。

他大踏步冲上前，帮小虎子扶住世纬。

"老兄！"他粗声说，"我拿你这个人，简直是没有办法，你怎么这样容易出状况呢？"

世纬忍着痛，抬头对绍谦咧嘴一笑。虽然脚痛无比，心中却有说不出的舒畅。他长长地松了口气，放心地把自身的重量，压在绍谦和小虎子的身上。

世纬受伤回家，整个傅家庄几乎全翻了天。

静芝坚持要请各种医生，于是，中医也有，西医也有，连跌打损伤的推拿师傅也有……一时间，这个医生来，那个医生去，又是中药，又是西药，世纬被各种药灌了一肚子，还被静芝强迫着喝了一大碗"人参汤"。最后，证实骨头没断，只是脱了臼，经过推拿医生一番强制接骨，世纬差点没痛晕过去。终于，医生宣布没有大碍，纷纷离去。而世纬，脚踝肿得好大，密密麻麻地缠着绷带，筋疲力尽地躺上了床。

"元凯啊，"静芝坐在床边，紧紧攥着世纬的手，含泪叮嘱着，"你从小到大，连换颗牙齿，出次疹子，摔了跤，割到手指……我都当成是天大的事，恨不得以身相代，让老天减轻你的痛苦。这次，好不容易巴望到你回来了……我想，你命中所有的劫数，都已经渡过……你应该再也无灾无难了！请你为了我，为了这瞎眼的老母，保护你自己吧！"

面对这样"强大"的"母爱"，世纬真是无可奈何。每天，他都告诉自己，应该让静芝面对真实，不能再对她欺骗下去。但每天都由于不忍，而继续欺骗了下去。

等到静芝、月娘、振廷都离开了房间，床前换了青青，坐在床沿，她深深地凝视着他，眼中盛满了泪。

"怎么了？怎么了？"他故作轻快地说，"我不过是跌了一跤，并不是害了重病，会送命什么的……"

"你还说！你还说！"青青伸手去蒙他的嘴，"你一下子伤了左脚，一下子又伤了右脚，上次头又被打伤……你……你……你存心要让我们大家都不好过是不是？"

他一伸手，把青青紧揽入怀。

"受这么一点伤，有你们这么多人围着我，照顾我，让我感受到被重视和被爱的滋味……我真觉得，连受伤都是一种幸福。"

三天后，世纬拄着拐杖去学校上课。那些孩子，一个一个从教室里冲出来，一迭连声地喊着：

"何老师来了！何老师来了！何老师来了……"

大家欢呼着奔出教室，奔入回廊，奔下楼，奔到他身边，几十双手全伸向他，争着要扶他。小虎子一马当先，帮他抱过书本，抱过习字本，大声说：

"何老师，你三天没来上课，我们大家做了大扫除，把整个学校都打扫过了！你看干不干净？"

他看着那纤尘不染的教室，那花木扶疏的校园，笑了。真的，受这点小伤，是一种幸福。

第十三章

世纬的脚痊愈了，绍谦的心病还没有痊愈。青青知道，自己欠了绍谦一番解释。"解铃还须系铃人"，但是，她既不知道这个铃是怎么"系"上去的，也不知道该怎么去"解"。绍谦和世纬，虽然恢复了说话，也共同为立志小学努力，但是，两人间的芥蒂，仍然无法消除。世纬很想和绍谦恳谈一次，又不知从何谈起。往日的"五人行"，或是"六人行"，都宣告解散。这种局面，最后还是被绍谦打破的。一天，他冲到世纬面前，一股脑儿地把心事全嚷了出来：

"喂！我这个人一根肠子通到底，受不了这样拖拖拉拉，别别扭扭地过日子！我们今天把话讲明白了，免得大家见了面尴尬！总之就是一句话，我不能认死扣，强迫人家姑娘来喜欢我，输了就输了，我认栽！你这个假哥哥，我打过你一拳，也就算了！虽然还是太便宜了你，不过，我不算了，也没别的办法！就……"他抓了抓头，又摸了摸鼻子，"只好算

了!"世纬非常感动地看着绍谦,心里的话,就再也藏不住了:

"绍谦,我真的很抱歉。你上次打我一拳,并没有伤到我什么,可是,你说我假道学、假义气、假儿子、假哥哥……什么的,倒真是伤了我。我思前想后,为你这几句话难过了很久很久。是的,我这人就是不干脆,心肠太软,又举棋不定,常常把事情弄得乱七八糟。可是,平心而论,我真的没有要欺骗任何人,许多事的发展,都是身不由己,情不自禁变成现在这种局面!对青青,我发誓,一上来我真的把她当妹妹,而且努力去实践,我鼓励你去追她,也没有半点欺骗的意思,然而后来,不知怎的,兄妹之情却转为男女之情……""好了好了!"绍谦打断了他,"我骂你是'假人',那不过是气极了!如果曾经伤害过你,真是……"他想了想,拍拍自己的脑袋,忽然笑了,"哈哈!我也挺能骂人的,对不对?我以为我只会动拳头,不会动口呢!哈哈……"

"你很得意,是吗?"世纬睁大眼睛问。

"当然得意啦!"绍谦说,"如果我能够伤到你,我们才扯得平呀!我这里……"他重重地拍胸脯,"有个大洞还没长好呢!"他收住了笑,大步上前,一把就揪住了世纬胸前的衣襟,"不过,你跟我说清楚,你预备要把青青怎么办?"

"什么怎么办?""你不要以为我不知道,你家里还有个未婚妻!我跟你说,你对青青,是兄妹之情化为男女之情,我对青青,是男女之情化为兄妹之情!今后我就当青青是我妹子,你要有一丁点儿对不起她,我和你没完没了!你现在告诉我,你是要青青做二房呢,还是要她做小老婆?"

世纬深抽了口气，坦率地看着绍谦："我已经写了一封信给我父母，除了报平安以外，也请求两老，代为解除华家的亲事。虽然我不敢对青青有任何承诺，但是，在我心里，除了青青，再没有第二个人了。不敢让她当二房，更不会让她做小，我希望……我能明媒正娶，让她成为我唯一的妻子！"绍谦重重地在世纬肩上，敲了一记。

"有你这句话，我就放心了！不过，我会从旁监督的！你如果有一天不遵守诺言……我管你什么铁哥儿们，管你在天涯海角，南京还是北京，我会追了你跟你算账的，听见了没有？"世纬愣了愣，忙应着说：

"听到了！听到了！""别光说不练！"绍谦吼着，"我这个假哥哥也会守在一边，说不定哪一天，就倒打你一拳，打得你没翻身余地！"

世纬苦笑了，不住地点头称是。

就这样，绍谦终于甩开了他的失意。六人行的队伍又恢复了。瘦西湖、五亭桥、杨柳滩、桃叶渡……欢笑如前。

似乎，在人生里，所有的悲痛都很长久，所有的欢乐都很短暂。这"六人行"的欢愉，很快就被一件大大的意外，给全部打碎了。这天，石榴和青青到学校门口，来接世纬等四人放学。

下课铃响了好久之后，绍谦、世纬才带着孩子们涌出校门。石榴和青青在街对面挥手。小草一看到青青，就兴高采烈地飞奔而来。此时，有一辆黑色的轿车，疾驰着经过校门口，竟然"砰"的一声，撞上了小草。

一群人都脱口惊呼："小草！小草！"然后一群人都拔脚追车子。因为那车子居然没停，继续向前驶去。小草被卡在车子底下，拖着向前。

"停车！快停车！撞了孩子呀！"世纬大叫。

"你他妈的快停车！"绍谦怒吼。

"停车啊！停车啊！"青青挥舞着双手，魂飞魄散，全力冲刺，"孩子在你车子底下呀！"

众小孩全体往前冲，吼的吼，叫的叫：

"停车呀！撞了人了！"

"求求你，停车呀！""小草！小草啊！"开车的那个人，见一群人在身后追赶，这才发现自己撞了人。他回头看了一眼，但见男男女女，大大小小，都对自己大吼大叫着冲来。他心中一慌，急忙踩油门，车子非但没有停，反而往前疾驰而去。

小草在车子这一冲之下，落到地下来了。她躺在那儿，浑身痉挛，额上裂开一个洞，满地满身都是血。

世纬等人冲了过来，扑跪在地上，个个面无人色，一时之间，甚至不敢去碰小草。世纬见血不断冒出来，深知时间可贵，他抱起了小草，用手蒙住她头上的伤口。血却从他的指缝中往外流。"她完了！"青青撕裂般地低语，腿一软，身子要倒下去，绍谦一把支持住她，大声说："不许晕倒！我们没有时间晕倒！赶快送医院！"

"要大医院！"世纬猝然大吼，"哪儿有大医院？哪儿有？她现在分秒必争呀！"小草被送进扬州市最大的一家省立医院,这医院新开不久,医生都是南京和北京请来的名医,这是小草最幸运的事。但是,抱着她一路奔进医院,又耽误了不少时间,小草早已昏迷不醒。到了医院,护士、医生看到这么严重的情况,又是一阵忙乱。大家推床的推床,检查瞳孔的检查瞳孔,拿氧气筒的拿氧气筒,打强心针的打强心针……然后,小草就被急匆匆地推进了手术室。接下来,就是漫长的等待。

世纬等六人,还有小虎子、阿长、万发等几个孩子,全守在手术房外,大家静悄悄的,没有一个人说话。空气沉重得几乎凝聚了。墙上有个大挂钟,嘀嗒嘀嗒地响,每一分每一秒,都敲击着众人的心。小草,她还能撑多久?还能撑多久?振廷、静芝、月娘,还有裴家两老和桂姨娘,全都赶来了。振廷一见众人,就急促地问:

"有多严重?告诉我有多严重?"

没有一个人回答。一张张的脸孔,一张赛一张地苍白。振廷的心,一下子沉进了地底。

"她究竟伤在哪里?"静芝嘶声问,随手一抓,抓着了石榴,"快告诉我!她伤在头上还是手上?四肢有没有残缺?快告诉我!快告诉我呀!""我们也不知道她有多少伤,"石榴含泪说,"她被卡在车子底下,拖了好长一段路,四肢肯定都带伤,最严重的是前额,破了一个洞,血一直往外冒……"

静芝吓得身子摇摇欲坠,月娘慌忙扶住。

"太太,你冷静点儿,快坐下来!"

小虎子连忙推了个椅子给静芝,静芝哆哆嗦嗦地坐了下来，喃喃说:"那孩子不是挺漂亮吗?你们不都说她是个小美人吗?这样子,岂不是会破相了……"

"破相?"世纬尖声说,"我们现在已经顾不得她是否会破相,我只祈求她能活下去!"

"都是我不好!"青青失魂落魄地扫视众人,"我不要去学校门口就好了,小草是因为看到我,才跑过来,我为什么要去呢?我不去就好了!"她一把抓住石榴的手,"石榴,你不是扮观音吗?"她凄厉地问,"你是观音,怎么眼睁睁让这件事发生……"石榴哭了。"都是我的错!都是我的错!"青青神经质地自责,"我永远不会原谅自己!永远不会!"

"不是你的错!"世纬激动地喊,"是我的错!本来早就可以放学了,是我要他们整理教室……如果早十分钟,不,早五分钟,甚至早一分钟出来,就不会出事了!我偏偏在那个要命的时刻,把他们带出来……"

"不是你一个人带的,"绍谦粗声地打断,"我也有份……""不要吵!不要说了!"静芝站起身子,手中的手杖哐啷落地。她摸索着向前,一手握住世纬,一手握住青青,含泪颤声说:"听我说,自从咱们傅家庄有了小草,这孩子就以她的善良,和一颗纯真细腻的心,打动了我们每一个人,使我们每一个人都爱她,我总想着,这一定是上苍的一份美意。现在,当我们已经形同一家人,如此密不可分的时候,我不相信老天爷能狠得下心来收回她!我绝不相信!"

石榴扑到窗前,扑通一声跪下了,对着窗外的穹苍,双手合十地拜着说:"大慈大悲、救苦救难的观音菩萨啊!我打十六岁起,年年扮观音,可我从不曾向你祈求什么。今天,我诚心向你祈求,救救小草吧!"小虎子冲过去,跟着石榴一起跪下。

"还有小虎子,也给您跪下了!求菩萨保佑小草,她是我们大家最喜欢的同学啊!"

青青哭了,石榴哭了,绍文和众小孩都哭了。桂姨娘和裴家二老也跟着掉泪。连绍谦、世纬和振廷这些大男人,也个个为之鼻酸。就在这满屋子悲痛的时候,医生们推着小草的病床出来了。小草看起来好生凄惨,头发剃掉了好大一块,额上绑着厚厚的纱布。手臂上、脚踝上,全都包扎了起来,整个人包得直挺挺的。鼻子里插着管子,手腕上插着静脉注射针。她的眼皮合着,呼吸短促而吃力,整个人了无生息。

"怎样?怎样?"振廷一冲而上,"大夫,她会好起来吗?会吗?""各位请安静,"医生扫视着众人,神情严肃,"我们三个医生,合力来挽救她,能做的事都已经做了!她身上所有的伤口都缝好了,问题在额头上的伤,实在太严重了!我希望你们大家有心理准备……她可能随时恶化,随时离去!"

"不!"青青惨叫了一声,奔到床前,见小草浑身都包扎着,她张着手,不敢去碰她,不敢去抱她。她痛喊着:"早知如此,就让你留在表婶儿家,不带你来扬州了!"

人人悲痛,人人伤心,大家都难过极了。医生不得不振作精神,来安慰如此伤痛的老老小小:

"为了病人,你们不要再悲痛了,我们要把她送到病房去。病房小,容纳不了这么多人,你们何不留一两个下来陪孩子，其余的先回去，大家应该轮流休息，否则都累垮了，怎么办？"

"对对对，医生讲得好！"裴老爷子慌忙安慰着傅家人，"为小草好，大家先回家吧！"

"我守着小草！"青青坚决地说。

"我也守着小草！"世纬跟着说。

"我也陪着小草！"绍文说。

"你给我回家去！"桂姨娘拉着绍文。

"我宁愿留在这里！"静芝说。

大家你一言我一语，都争着要陪小草。只有绍谦大踏步向门外走去，嘴里简单地讲了两个字：

"我走！"石榴一惊抬头，拉住了他说："你走到哪里去？"

"我去找那辆车子，"绍谦咬牙切齿地说，"我要揪出那个开车的人，他明知车下有个孩子，还不肯停车，如此丧尽天良……我要把他揪出来，叫他后悔一辈子！"

第十四章

绍谦很快就找到了这辆车子,在扬州,这样豪华的轿车只有一辆,车子的主人名叫魏一鸣。

魏一鸣不是一个等闲人物,他的岳父是军方要员,权力很大,他自己家财万贯,长袖善舞。因此,他年纪轻轻,就已经当了税务局局长。这个人的兴趣也很特殊,别的有钱人玩女人,他玩车子。那时代,玩车子真是很奢侈又很新鲜的事。他不用司机,闲来无事,就开着这辆豪华轿车飞驰而过。因此,他这个人在当地颇有名气,他这辆车在当地也颇有名气。绍谦在税务局门外的广场上,重睹这辆黑色大轿车时,觉得自己的血脉全部偾张起来,想到奄奄一息的小草,愤怒和悲痛将他整个人淹没。他走到车子前面,见车中无人,就把车子前前后后检查了一遍。车子的保险杠,撞了一个凹痕,他伸手去摸车子的底盘,小草当时血流如注,这车子底下,准是血渍尚存。想着,他就掏出一条白手帕,去擦拭车子的底盘。果然,手帕上沾着褐色的污渍,小草的血,早已凝固。

"喂喂喂!"一个荷着枪的卫兵,气势汹汹地走了过来。"你干吗?在这里鬼鬼祟祟的!这是魏局长的车子,你摸来摸去要做什么?""你去请魏一鸣出来!"绍谦一抬头,眼中几乎喷出火来。

"你是什么人?敢直呼魏局长的名字?"卫兵一凶。

"我就是直呼他的名字!"绍谦往那衙门冲去,大声地吼叫起来,"魏一鸣,你出来!你不要躲在那个衙门里!你给我出来!""呼啦"一声,卫兵的子弹上了膛,冰冷的枪管抵住了他的额头:"你要造反呀?""你有种,就在光天化日下毙了我!"绍谦瞪大眼睛,对那卫兵一声怒吼,这等气势,把那卫兵都吓得一怔,"要不然,就让你们那伟大的魏局长出来,有关生死大事,他不能躲着不露面……魏一鸣!魏一鸣!出来……"

这样又吼又叫的,终于把魏一鸣给引出来了。他看看咆哮如雷的绍谦,定了定神,抬头问:

"我就是魏一鸣,你找我做什么?你是谁?"

"我是谁?"绍谦咬牙切齿,目眦尽裂,"昨天在你车子后面拼命喊叫的有一堆人,我就是其中一个!你这么快就忘了吗?"魏一鸣微微一退,眼光闪烁,似乎有些心虚。但是,立刻,他就恢复了镇定。推了推鼻梁上的近视眼镜,他看来温文儒雅,气定神闲:"你说些什么,我一个字都不懂!"

"你!"绍谦又惊又怒,"你不懂?昨天你驾车经过立志小学,撞了一个十岁的小女孩,你不停车,让那孩子卡在你车子底下一路拖过去,我们那么一大群人在车后追着喊着……你就是不停车!你现在还敢说你不懂?"

"你弄错了吧?"魏一鸣皱了皱眉头,"什么小女孩?什么卡在车子底下?我昨天根本没有经过什么小学,这是几点几分发生的事情?我下了班一路开车回家,什么事情也没有啊!你这人从何而来?为什么要诬赖人呢?"

绍谦瞪着魏一鸣,简直要气疯了。他陡地冲了过去,抓住魏一鸣的身子,就往车上撞,嘴里怒极地大骂:

"你这个混账王八蛋!卑鄙无耻的小人,明明是你撞了小草,你还敢否认得干干净净!你简直是人面兽心……你连一点点歉意都没有……我打死你……"他抡了拳头,就往魏一鸣胸口捶去。"卫兵!卫兵!"魏一鸣急叫。

两个卫兵冲上前来,见到绍谦这样攻击魏一鸣,举起枪托,就狠狠砸上了绍谦的头。绍谦应声倒地。

"给我把他送到警察局去关起来……"

魏一鸣还没喊完,石榴已飞快地奔了来,扶住了绍谦,就对魏一鸣打躬作揖:"局长你别生气,他实在是伤心过度,才会丧失了理智,请您不要跟他计较……"魏一鸣惊魂甫定,拂了拂袖子,整了整衣裳。毕竟心虚,他瞪了石榴一眼,说:"看在你们有祸事发生的分上,我就不跟你们计较!但是,这件事到此为止!如果再来找我的麻烦,再胡说八道,再随意毁谤政府官员……我会把你们一个个绳之以法!"

说完,他径自上了车,砰然一声关上车门,扬长而去了。

小草终于醒过来了,距离出事已经整整两天。她只清醒了十几分钟，说了很有限的几句话：

"我在哪里啊？怎么……好多人在我房里呀！"

"小草！"青青扑在床边，急切地、带泪地喊着，"你醒了吗？你认得我吗？""青青……"小草看着青青，想动，却发现自己完全不能动，"我怎么了？""你被车子撞了！"世纬急忙说，"你的头撞破了，你……疼吗？你觉得怎样？""我被车子撞着啦？"她迷糊地问，"我怎么不记得了？"她努力想看四周，"我的房间怎么不一样了？"

"这里是医院呀！医生说你要住几天……"

"那……我上学怎么办呢？"

"暂时不要想上学的事……"世纬哑声说，"你只要赶快好起来！""可是，我已经跟不上了呀！好多字我都不认识呀！"

"大哥可以来医院教你，好不好？"

"把我的看图识字拿来……"

"好，大哥马上去拿，但是，你要努力，努力让自己好起来，好不好？"小草想点头，发现头也点不了，想笑，发现也笑不出来，想去擦青青的泪水，手也举不起来……她喃喃地、低低地说了句："我好冷啊！"人就又昏迷过去。世纬冲出去找医生，好几个医生一起赶来，翻开瞳孔看了看，检查脉搏和呼吸。

"她偶然的清醒并不代表什么，"医生满脸的凝重，"她的状况仍然不好，非常不好。"

青青扑在床沿，失望地痛哭起来。世纬走过去，把手放在她肩上，用力地握着："她还活着，我们不要放弃希望！决不要放弃希望！除了医药，还有苍天！"世纬到了寄托希望于"苍天"的地步，青青知道，已经是穷途末路了。小草又陆续醒过来好多次，可是，却一次比一次显得衰弱和委顿。她自己也渐渐明白，发生在她身上的悲剧，是多么沉重了。每次醒来，她都听到青青在说：

"小草！你要努力！请你为我努力！请你为大家努力！请你为你的海爷爷努力吧……"

海爷爷！她多想海爷爷呀！会不会再也见不到海爷爷了呢？她见到青青哭，石榴哭，婆婆哭，月娘哭……越来越明白，她的生命力在逐渐失去。她已经十岁了，颠沛的童年，让她早就了解了生与死。但是，她不要死呀！她要活着呀！她从来没有像最近这么快乐过，大家都跟她做朋友了！她还要念书，还要和绍文去喂鹈鹕，还要等海爷爷，还要帮婆婆数台阶……她还有好多事要做呀！她要活着！她那么强烈地想活，生命力却在一点点地消失，她害怕了，恐惧了。一次比一次珍惜自己清醒的时间。

这天晚上，她又醒了。

"青青，青青，"她喊着，呻吟着，"对不起，我一直很努力……我拼命地努力，可是……我还是好不起来呀！怎么办呢？""不要说这种话，你不要吓我呀！"青青泪如雨下。

"婆婆呢？老爷呢？""我们都在这儿呢！"静芝慌忙说。

"婆婆，以后走台阶，你一定要数，我每次看你走台阶，都好危险的……""我会帮她数！"月娘哭着说，"你放心，我扶着她，一步一步走！""老爷，你找到海爷爷了吗？"

"就快找到了！"振廷急忙应着，"阿坤捎信来说，已经发现他的行踪了！你要等着呀！"

"真的？真的？好，我等，我一定要等着，不见海爷爷一面，我……死都不甘心的……"

"你为什么要这样说呢？"青青抓着她的手。

"对不起，我怕……我好害怕，我就是不会好了呀！"

"不要再说对不起！"世纬粗声说，"你让我们大家心都碎了。""好！我不说！我不说了！"小草十分柔顺地说着，"那你跟青青也别吵嘴，好不好？你们顶爱吵嘴，没有我来帮你们讲和，怎么办呢？你们答应我，以后再也不吵嘴了，好吗？"

"我们答应你，永远都不吵嘴了！"

小草微笑起来，眼光缠着每一个人，依依不舍。然后，她眼睛一翻，呼吸接不上来，人又昏死过去。

医生、护士全体涌入，一阵急救以后，小草的鼻子中插入了氧气管，喉咙里插着抽痰管，她不能说话了。再醒来的时候，她转动眼珠，手指指着她的"看图识字"。

"她要她的认字卡！快把她的卡片拿来！"

世纬忙把卡片拿来，一张张举给小草看。

小草选了四个字："我爱你们"。

满屋子都是饮泣之声。世纬把四个字重新排列组合，举起来给小草看，那是："我们爱你"。

这次以后，小草就陷进了完全的昏迷。一连几天，都没有知觉，医生终于严肃地向众人宣布：

"我们几位医生会诊的结果，都认为小草不会再醒过来了！""这是什么意思？什么意思？"振廷问。

"很抱歉必须告诉你们，她在逐渐死亡中！"

青青再也支援不住，昏过去了。

小草陷入了弥留状态，完全没有知觉。世纬知道，就是在病床前守着她，也无能为力了。

这天一早，世纬和绍谦两个人，拎着一大桶糨糊，捧着一大沓连夜写好的告示，在扬州市大街小巷，开始贴告示。一张又一张，一直贴到税务局门口。这样的行动，引来了好多好多的老百姓，驻足围观。那告示上写着：

"县政府税务局局长魏一鸣，驾车将立志小学十岁女学童小草撞成重伤，当场逃逸。事后复推卸责任，草菅人命，罪大恶极。校长何世纬暨教师裴绍谦，吁请扬州地方士绅、乡亲父老，主持正义！务使此等歹徒，绳之以法！"

有个卫兵，匆匆撕了一张告示，拿进衙门去。魏一鸣看了，脸都绿了。他立即拨了个电话给员警厅长，然后，带着几个手下，冲出衙门。只见世纬和绍谦两人，就站在衙门外的广场上，绍谦高举告示，世纬激动陈辞：

"各位！我和裴绍谦，亲眼看到这个悲剧的发生，却没有力量阻止！一个活泼可爱的孩子，就这样被撞成重伤，现在正躺在扬州医院里，奄奄一息！各位，谁无姐妹，谁无子女？当我们的孩子，这样惨遭意外，谁能不痛？撞车当时，孩子血流如注，我们一群人在后面追着叫着，这个魏一鸣，他居然加速逃走！这个人是人还不是人？有丝毫良知吗？他还是我们的父母官呢！各位请看，那辆车，"世纬用手一指，怒吼着，"就是凶车！"此时，魏一鸣已带着手下，走了过来，绍谦立刻用手一指他，接着怒吼："这个人，就是凶手！"

"给我把这两个造谣生事的乱党给抓起来！"魏一鸣大声说，"乱贴告示，诬陷忠良，再加上妖言惑众，你们两个是不要命了！上去！"几个卫兵，拿着枪冲了上来。绍谦豁出去了，拳打脚踢，和几个卫兵打成一团。世纬一边抵抗，一边嚷着说：

"魏一鸣，你不要仗着有钱有势，作威作福！我告诉你，国家还有法律在，我要到员警厅去告你！"

"不用了，员警厅长亲自来了！"魏一鸣冷笑着，回头招呼，"于厅长！就是这两个人，八成想叛乱！"

员警卫兵蜂拥而上，绍谦虽有满身功夫，但是，到底寡不敌众。那些围观的老百姓，看到又是员警又是卫兵，都纷纷走避。混乱中，有个卫兵朝空放了一枪，这一枪，把剩下的一些群众也都惊散了。绍谦和世纬两个，就这样被关进了牢里。

第十五章

其实，魏一鸣心里并不安宁。

撞到小草，实在是个大大的意外，加速逃逸，实在是因为心慌意乱。玩车也玩了好多年了，从来没有撞过人，就不知道怎么会如此倒霉！扬州条条大路哪一条不好走，偏偏要去经过立志小学？撞车以后，裴绍谦、何世纬的陆续出现，使他在惊怔恐慌之余，只想保护自己。一旦咬定没有撞人，谎言就像滚雪球般越滚越大。但是，在内心深处，他也有良知，也有犯罪感，尤其在他面对自己那仅有六岁的女儿小洁时，他也会想到小草，而感到胆战心惊，冷汗淋淋。

可是，他少年得志，平步青云。一生没有遭遇过这么大的奇耻大辱。又贴告示，又到税务局门口来闹，还聚众演讲……怎么会这样严重呢？不过是个乡下孩子罢了。他思前想后，也理不出头绪。家里的妻儿仆佣，都被街头的流言所伤，人心惶惶。税务局里的同僚部属，也都交头接耳，议论纷纷。这种滋味并不好受。把世纬、绍谦两人关进牢里，是他骑虎难下的做法。总不能让这两人毁了他的前途！但是，真正关了，他也不知道该如何善后。何况，县长第二天就来找他，委婉地说："那何世纬是北方人，毕业于北大，和裴绍谦两人毛遂自荐，要管理立志小学。这所小学，荒废已久，幸亏有他们两个，才上了轨道。所以，他们很得一般地方父老的尊重。再加上，那傅家和裴家，都是扬州的望族……这件事，虽然你受了委屈，恐怕还是息事宁人比较好！"

息事宁人，他也想息事宁人，甚至破财消灾都好。但，他却不知道怎样收拾这一团乱麻。只知道绍谦和世纬这两个人实在太可恶，无论如何要给他们一点教训，让他们了解，和他魏一鸣斗法，不啻鸡蛋碰石头。

于是，绍谦和世纬就在牢中，随你怎么吼叫怒骂，就是没有人来理睬。傅家和裴家两个老爷子，随你怎么奔走，也无法营救二人。这天，魏一鸣下了班，走出税务局，走到自己的大轿车旁边，他看到一个非常素净的少女，手里捧着一大沓绣花旗袍料，站在车边等他。"魏局长，"少女出示着衣料，"我是裁缝店里的桂香，这是你太太订的衣料，她说绣好了之后，要我搭你的便车，给她送去选。今儿个总算赶出来了！"

"哦！"他看了一眼那绣花缎子，确实绣得非常精细。魏一鸣这人，在这世界上最爱的有两个人，一是妻子韵秋，二是女儿小洁。他不疑有他，简短地说："上车吧！"

魏一鸣坐上驾驶座，少女坐在他旁边，静悄悄不发一语。

车子开到半路,经过一片荒林,身边的少女忽然说:

"我的名字不叫桂香,我叫青青!"

话声才落,青青已掀开布料,举起一把预藏的短刀,对着魏一鸣当胸刺来。这一下太意外了,魏一鸣本能地伸出右臂去一挡,"哧"的一声,刀刃划破衣服,直刺入胳臂里面。魏一鸣痛叫了一声,急踩刹车。车轮发出尖锐的响声,车子一打横,撞上路边一棵小树,车停了。同时,青青抽刀拔刀,势如拼命,又疯狂般地向他刺来。

"我为小草报仇,我要你替她偿命!我为世纬、绍谦报仇,杀了你这个狼心狗肺……"

魏一鸣大骇之余,已了解到情况危急。打开车门,他脚步踉跄地跌将出去,手臂上鲜血直冒,将衣袖染湿了一大片。他爬起身子,狼狈欲逃。青青持刀,从另一边门冲出来,追着他又砍又杀。他从没见过这样杀气腾腾的女子,他又惊又怒又怕,却本能地要保护自己,他反扑过去,用脚奋力一踹,正中青青前胸,青青翻跌出去,后脑勺在石头上撞了一下,立刻眼冒金星。魏一鸣见机不可失,扑上前来,用尽全力,对青青狠狠踹去。青青一连几个翻滚,手上的刀已经脱手落下,魏一鸣不放心地再补一脚,又补一脚,青青痛得整个人都缩了起来,嘴角沁出了血,发丝零乱,面颊被荆棘划了好多道口子,蜷缩在那儿,动弹不得。

"哈!"魏一鸣惊吓过度,瞪圆眼睛,不可思议地注视着青青,"你疯了!拿了刀子来刺杀我?你不知道杀人要偿命的吗?""是!"青青恨恨地说,"杀人要偿命,所以我来杀了你,给我的小草偿命!我杀不掉你没关系,我们还有人,一个接一个,会不停地找你,不停地杀你,直到把你杀掉为止!"

说着,青青摸到身边的一块石头,她突然抄起石头,对魏一鸣砸了过去。魏一鸣骇然变色,没料到她在这种情况下,还有力量反击,他连躲都来不及,石头砸上了他的肩膀。这一下,他怒发如狂了。扑上前去,他抓住青青,开始拳打脚踢。他疯狂地揍着她,嘴里疯狂地嚷着:

"你们有完没完?有完没完……"

"没完!我们永远没完没了!"青青已鼻青脸肿,却仍凄厉地喊着,"就算你打死我,我做鬼也来找你,我在地底下会了小草,我们一个大鬼,一个小鬼缠住你,跟你算总账……"他双手抓起她的脑袋,用力往地上砸去。青青再也支援不住,昏了过去。魏一鸣站直了身子,喘息着,不相信地死瞪着青青。半晌,才醒悟过来,撕下衬衫下摆,去裹住手臂上的伤口。他对自己喃喃地说:"要冷静!要冷静!你不是撞了一个孩子,你是撞了一群疯子!"走上前去,他把已人事不知的青青抓起来,找了根绳子牢牢捆住,塞进车子里。就这样,青青也被关进了牢里。

这一天,魏一鸣家的女佣金嫂,匆匆忙忙地奔进卧室,去找魏一鸣的妻子韵秋。"太太!太太!"她气急败坏地说,"有个观音菩萨,带着一群孩子,站在咱们家的对面街上。全体一句话也不说,只是看着咱们的房子,好奇怪啊!""什么?观音菩萨?"韵秋大吃一惊地问。这些日子,她真是饱受惊吓,先是有人满街贴告示,攻击她的丈夫。然后,魏一鸣又受了伤回来,虽然魏一鸣口口声声说,这只是一个误会,伤也只是小伤,找医生上了药,包扎过已没事了。但是,韵秋凭直觉,凭多年的夫妻生活,就知道不对劲。她也问过魏一鸣关于小草的事,魏一鸣矢口否认,连称是树敌太多,被人恶意中伤。韵秋是个很贤淑、很正直的女人,她相信她的丈夫。"为什么是观音菩萨?"她不解地问金嫂。

"真的是观音呀!"金嫂吓得直打哆嗦,"她穿着一身白衣服,手里拿着净瓶和杨枝……站在那里动也不动。太太,你快去看看呀!"韵秋奔了出去。于是,她看到石榴和立志小学的众小孩。

石榴穿着她的观音服装,手里拿着净瓶和杨枝,一脸的肃穆和庄重,满眼的悲切和沉痛。她静静地站着,众小孩围绕着她,也静静地站着。所有人的眼光,都落到韵秋的脸上,这些眼光,汇合成一股强大的力量,是控诉,是审判。

韵秋不寒而栗,胆战心惊。她走上前去,看着石榴,震动地问:"这位姑娘,你这是在做什么?"

"我年年扮观音,虔诚礼佛!"石榴开了口,声音镇定、清晰,却有庙堂钟磬般的铿锵,"我今天穿了菩萨的衣裳,绝不敢有半点亵渎了菩萨!我以佛祖的名义发誓,今天所言,句句属实!魏太太,你的丈夫,在十二天前,开车撞伤了小草,我和我身后所有的孩子,都亲眼看到!这件事情演变到现在,是小草躺在医院里,只剩一口气在。我们还有三个大人,都被魏局长捕捉下狱。魏太太……"她顿了顿,双目澄明如秋水,紧紧地盯着她,"举头三尺有神明,善恶到头终有报！你也有孩子,你也希望她平安,如果她遭遇了什么事,你也会痛不欲生!你和魏局长是夫妻,他有没有撞伤小草,你心里自然明白。现在,你肯不肯跟我去扬州医院,见见那个小草?"

韵秋像是被催眠了,她身不由己地跟着石榴到医院,看到了那浑身是伤、奄奄一息的小草。也见到了守在床边,泪眼婆娑的瞎婆婆静芝。静芝一把抓住了她的手腕,声音凄厉如刀地直刺进她内心深处去:

"你们已经把小草弄成这样,怎么还要把我儿子和媳妇儿关起来?难道你们没有心,没有感情,没有子女吗?难道你们不怕天网恢恢,疏而不漏吗?"

韵秋逃出了那家医院。找到魏一鸣,她抓着他,摇着他。一面哭着,一面悲切地喊:

"放掉他们!你快放掉他们!无论他们做了什么,都是因为你的错!你撞了那孩子,我知道你撞了那孩子!你把人家孩子弄得那么惨,你还不肯承认……这样子的你,对我来说太陌生了!你……快放掉那三个人,为小洁积点阴德吧!"

喊完了,她冲进卧室,拿箱子,装行李。魏一鸣追了进来,苍白着脸说:"你要干什么?""我带着小洁离开你!"

"不!"他痛喊着,"在我这样四面楚歌的时候,你们怎么能够离开我?好好好,我放了他们,我去对他们道歉,我赔偿他们……只要你不离开我,我做什么都可以!"

他冲进员警厅,立刻释放了三人。

当世纬、青青、绍谦、石榴和傅家众人,大家再重逢时,

简直是恍如隔世。世纬见青青浑身是伤,鼻青脸肿,真是怜惜已极。他不相信地看着她,又惊又佩又痛地说:

"你一个弱女子,居然敢拿刀去对付魏一鸣,你到底心里是怎么想的呢?""我想跟他同归于尽!"青青说。

"啊!还好你没成功!"世纬握住了青青的手,"他不值得你去送命!他不值得我们每一个人去送命……"他抬眼看着众人,"你们相信吗?他承认了,他道歉了,当他面对我和绍谦,又掉眼泪又扯头发,说他是鬼迷心窍的时候,我忽然觉得他很可怜!一个有那么大车子、那么大事业的男人,不敢面对自己的错误,犯了错却想逃跑……他实在不是一个顶天立地的男子汉!""听我说!"静芝颤巍巍地走上前去,伸出双臂,把世纬和青青都拥进了臂弯里。"这件事情就这样过去了,我们庆幸,没有造成更大的悲剧!让我们停止对魏一鸣的仇恨和报复,把我们的心,全放在守护小草身上吧!"

"是啊!"石榴接话,"只要小草还有一口气在,我们就不要放弃希望!我相信老天有眼,菩萨有灵,就像他能在我们危急的时候,让魏一鸣天良发现,放了你们三个一样,我也相信他会赐福给小草!""石榴!"绍谦感激地注视着她,"你所做的事,我们都听小虎子说了!我答应你,和魏一鸣的恩怨已了,我也相信你,老天有眼,菩萨有灵!""小草那孩子,应该会后福绵绵的!"静芝忽然就充满了信心,"瞧!我们和那孩子,个个非亲非故,却为了她,人人伤心拼命。一个能博得这么多人爱的孩子,一定不会夭折。上苍有好生之德,小草一定会活下去!"

是静芝的诚心感动了上苍？是石榴的祷告惊动了菩萨？还是绍谦、世纬、青青等人的拼命震动了鬼神？一个奇迹发生了！三天后，小草醒了。不只醒了，她喃喃地说了一个字：

"水……"水？全体震动，七八双手同时去倒水，大家撞成了一团。水？这个字是生命的泉源，这个字是天地的精髓，这个字是上苍所创造的最大奇迹啊！大家倒了水，用滴管滴进小草的嘴里，小草润着嘴唇，贪婪地用舌尖舔着水珠，再将这生命之泉吞咽进去……大家目瞪口呆地看着，不敢相信地看着。医生来了，慌忙诊查，然后，医生抬头看着众人，满脸震动与惊喜地说："她醒了！"是的，小草醒了。她环视众人，眼中闪着温柔如水的光芒，充满了感激与爱。只一会儿，她又闭上眼睛沉沉睡去。青青见她双目又合拢了，紧张地喊着：

"大夫！大夫……""不要慌！"医生说，数着小草的脉搏，"她睡着了。脉搏很平稳，热度也消了……"他再抬眼看青青，"相信吗？我猜她会活下去了！"青青"哇"的一声，竟哭了出来。

第十六章

是的,小草活下去了。

三天后,小草开始进食,一星期后,那些针管、鼻管、胃管都拔掉了。小草又能说,又能笑了。

"我把你们大家都吓坏了,是不是?"她笑着看每一个人,"我自己也好害怕,我以为我快死了,可是,我不要死,我一直告诉自己,要努力,要努力……我真的很努力……好高兴我活着!好高兴我又能说话了!"

大家看着她,喜悦简直是无穷无尽的,充溢在每个人的心头,闪耀在每个人的脸上。

扬州医院里的全体医生护士,都为小草生还的奇迹兴奋不已,这不只是小草的成功,也是每个医生的成功。尤其是外科主任吴大夫,更是高兴。这天,他率领了眼科、耳科、脑科、神经科各科的主任,来给小草做最彻底的检查。检查完了,他非常欣慰地对大家说:

"我一度很担心她会有后遗症,例如记忆力丧失,语言或肢体不灵光,甚至失明失聪等,但她是个幸运儿,她将恢复得很好,像以前一样健康!或者,会有点头痛什么的,但不会严重!她最大的本钱,是年纪小,有最强的再生力。恭喜恭喜!"全体爆出欢笑声。此时,眼科主任林大夫,忽然走过去,拍拍静芝的肩膀,很热心地说:"傅太太,这些日子来,你经常待在医院里,我也观察了你很久,其实,你看得见光,也看得见影子,是不是?几年前,你也曾在这儿的眼科求诊过,是不是?"

静芝怔了一怔。"是啊!"她应着。"我去年才从美国回来,带回来最精细的眼科仪器,你愿不愿意彻底检查一下?如果你的视神经没有完全受损,说不定可以手术治疗!""手术治疗是要开刀吗?"振廷急忙问,"复明的概率有多少呢?""没检查前,什么都不敢说!"林大夫温和地笑着,"我最近治愈一个病人,他已经失明五年了,现在虽不能恢复失明前的视力,配上眼镜,他也可以下围棋了!"

"我……我……"静芝没来由地一阵心慌意乱,"我不要开刀……我不敢开刀……我不要心存希望之后,再面对失望,我不要!不要!"她紧张了起来。

"婆婆!"小草柔声喊,伸出手去握住静芝的手,"你不要怕疼,疼会过去的!如果你能看到了,那是多么好的事情呢!你就不必数台阶,不必用手杖,不会常常摔跤,你还能看到我,看到青青,看到大哥,那是多好呢!"

静芝猛地就打了个冷战。世纬深深注视着她,忽然心有

127

所悟，老太太的眼盲，说不定是她根本不想"看"这个世界，不想"面对"这个世界吧！说不定，当元凯的灵柩送回来的一刻，她就决定不"看"这个世界了呢？

世纬对人类的心灵，从未探索过。但是，自从来到傅家庄，他已体会出太多太多。走过去，他用力握住静芝的肩，有力地说："最起码，你为我们大家，去检查一次，好吗？"

众人全体拍手鼓噪："一定要去！一定要去！"

静芝在大家的期望之中，也就无可奈何了。

一星期后，检查报告出来，静芝的眼睛，并不像世纬想象的那么单纯，复明的希望只有百分之二十。林大夫仍然力劝静芝为这百分之二十努力，接受手术治疗。静芝吞吞吐吐，支支吾吾地说："让我考虑考虑，让我有点心理准备，让我仔细想一想……总之，等小草出院再说，家里有一个病人已经够了！你们……大家……不要逼我吧！"

好吧！等小草出院再说。百分之二十的概率打击了大家的信心。静芝如此抗拒，大家也就不再多说了。

小草出院，是一个月以后的事了。她又恢复了活泼，又跳跳蹦蹦了，她又在傅家庄的假山石上跑来跑去了。只是，她的额上留下了一道疤痕。青青为她梳了点刘海，把那个难看的疤痕遮起来。抚摸着她的疤痕，青青仍然会悲从中来：

"漂漂亮亮的一张脸蛋，现在却多了一道疤！"

小草反过身子，把她紧紧一抱："我不要漂亮，只要能跟你在一起就好了！"

"小草啊！"青青由衷地说了出来，"你知道吗？虽然我们自小就像姐妹一般地要好，我也一直疼你，爱你，可我从没想过到底对你有多爱。现在我才知道了！当医生宣布说你没救的时候，我心里头第一个念头就是：那我也不要活了！那种绝望让我对这个世上的一切都不留恋，甚至连世纬都留不住我！"小草听了一半，就开始掉眼泪，听完，就热泪盈眶地紧搂着青青，一句话也不说。

又休息了半个月，小草回到了学校。

就别提整个学校，是如何腾欢了。众小孩把小草抬了起来，簇拥着在校园里兜圈子，大声欢呼：

"万岁！万岁！小草万岁……"

世纬和绍谦看着这一幕，都十分震动，掉过头来，彼此互视，友谊，在两人眼里深刻地流转。经过了这番生死的体会，经过了联手制裁魏一鸣，经过了共同坐牢的经验，他们两个终于成了生死知己。其实，不止他们两个，还有石榴和青青，小草和绍文。这"六人行"的组合，简直是牢不可破，密不可分了。就在这时候，傅家庄来了一位不速之客，竟然把这"六人行"的组合，给整个打破了。

那是十月底的一个晚上，天气早已转凉了。庭院里的龙爪槐和法国梧桐，飘落了一地的落叶，秋意已深。枫树早就红了，吟风阁外的爬墙虎，已只剩下枯枝，绿叶全不见了。秋风吹在身上凉飕飕的。可是，在傅家庄，大家都不觉得冷。围着桌子吃晚饭时，暖意就在餐桌上流动。振廷看到一桌子的人，个个笑意盎然，不禁心中暗暗叹息：

"如果能留住这个画面，就好了！"

就在此时,长贵忽然进来禀告:

"少爷!有位打北京来的华小姐找你呀!"

"什么?"世纬大惊,手中的筷子都掉到桌上去了,"你说姓什么?什么小姐?""华!她说她姓华,中华的华!这个姓不是挺奇怪吗?咱们扬州没这个姓!""哐啷"一声,青青手中的筷子,也跌到桌上去了。

"一个姑娘家?打北京来?"静芝的声音微颤着,"就她一个人啊?""还带了个老妈子,和一个男仆!"

世纬推开饭碗,站了起来,心慌意乱地说:

"你们吃饭,我瞧瞧去!"

"我跟你瞧瞧去!"小草跳了起来。

"我看,我们大家瞧瞧去吧!"振廷说。

世纬冲进客厅,就一眼看到了华又琳。

华又琳端正地站着,头发有些凌乱,一身的风尘仆仆。她穿着件红色褂子,红色裤子,外面罩着黑色绣花小背心,肩上披了件团花小坎肩。辫子垂在胸前,系着红头绳。她身材颀长,瓜子脸,面貌姣好,一对大眼睛,尤其清亮有神。眉毛秀气,鼻梁挺直,嘴唇的轮廓分明。世纬就这样看一眼,心中已暗暗称奇,好一个标致的姑娘,难道她竟是自己那从未谋面的未婚妻?不可能吧?他还没回过神,那姑娘已经把他从上到下看了一遍。"你——就是何世纬?"她简单直接地问。

"是。"他点点头,"我是。你——"

"你真的就是何世纬?"她再问。

"我就是。""很好！"她点点头，眼睛里冒出火来，对他再上上下下地看了一遍，咬牙切齿地说，"我是华又琳！"

世纬虽已有几分猜到了，但听她这样一说，仍然整个人都惊跳了一下。他瞅着她，实在没办法了解，一个养在深闺的女孩子，怎么会远迢迢到扬州来？华又琳在他眼中，读出了他的思想，她抬了抬下巴，全身上下，都带着某种"咄咄逼人"的气势。"何世纬，你给我听着！"她一口的京片子，字正腔圆，"你不满现状，离家出走，什么要到广州去看新世界，要找寻真正的自我……都是极端自私，极端不负责任，极端任性，又极端可恶的行为！你是一走了之，却把伤心着急、尴尬羞辱一股脑儿扔给何、华两家的人！我呢？我觉得我真是天底下最倒霉、最冤枉的人，一口气憋了大半年，终于，听说你滞留在扬州傅家庄，我就不辞辛劳，千里迢迢地找了过来！因为，佛争一炷香，人争一口气，我告诉你！"她往前迈了一步，眼神凌厉，"我虽然是女流之辈，一样是士可杀不可辱！"

世纬震动地看着她，被她这等气势给震慑住了，睁大了眼睛，他连回嘴的余地都没有。"你要自由，你以为我不要吗？"她继续说，"你不满意这种父母之命、媒妁之言的婚姻，你以为我就满意了吗？你北大毕业的，你思想新，反传统。我是师范学院毕业的，我同样受的是现代教育，我也不含糊！老实说，我还正预备和家里闹革命呢！谁知你却抢先一步，跑了个无影无踪，这算什么呢？男子汉大丈夫，做事也要做得干净利落！你尽可以跟你的父母争啊！革命啊！行不通，你堂堂正正到我家来谈退婚啊！逃什么，连这点勇气跟担当都没有，你根本不配做我华又琳的丈夫……"话说到此，旁边跟随的老余妈，已经忍受不了，她跑过去，拉了拉华又琳的衣袖，又忙不迭地对世纬屈膝请安，急急地说："何少爷，你不要听我们家小姐说气话，我们这一路过来，真是吃了不少苦。小姐在北京，把家都闹翻了，才得到老爷太太的同意，来找寻何少爷……"

"余妈！"华又琳厉声说，"你不要对这个人摇尾乞怜。我把话讲完了，我就走！""好不容易找到姑爷了，"余妈叹着气，"你还要去哪里哟？要走，也得跟姑爷一起走……"

一阵手杖拄地声。静芝扶着小草，哆哆嗦嗦地过来了。她的脸色惨白，伸手去摸世纬，颤声问："元凯！是谁来找你了？这位姑娘，是你的朋友吗？她在说些什么呢？怎么我一句都听不懂……"

华又琳惊愕地看着静芝，一时间，完全摸不清状况。小草站在一边，就急急地对华又琳又比手势，又拜，又求，表示静芝看不见，求她不要再多说。华又琳更加惊愕，瞪着小草，不知她是何许人。世纬无法再沉默，他一面扶住静芝，一面对华又琳恳求般地说："你先在这儿住下，所有的事，我们慢慢再谈，好不好？"

"对对对！"静芝忙乱地点头，空茫的眼睛里盛满惶恐。"你是我儿子的朋友，就是我家的朋友！月娘月娘，"她回头急喊，"快收拾几间干净房间，留这位姑娘住下来！"

"儿子？"华又琳喃喃地问，眼睛睁得好大好大。她看看静芝,再看世纬,身子陡然往后一退。"你到底是谁?"她狐疑地问,"不要冒充何世纬!占我的便宜!"

唉唉!世纬心中大叹,真是一塌糊涂!怎么会有这种局面呢?他回头往后看,一眼看到青青扶着门框站在那儿,脸色雪白如纸,整个人僵着,像一尊化石。振廷和月娘站在一旁,也都神色黯然,如同大祸将至。

秋天的冷空气,就这样卷进了傅家的屋檐下。

第十七章

华又琳住进了东跨院的一套客房里。月娘忙忙碌碌，招呼她的行李，招呼她的家人，又招呼她吃东西，再招呼她沐浴更衣，简直是无微不至。晚上，室内一灯荧荧，窗明几净。她坐在一张雕花红木椅中，看着那古董花格上陈列的各种古玩，不禁发起呆来。这个何世纬，到底在搞什么鬼？这个傅家庄，又是个什么所在呢？正满腹狐疑，怔忡不已中，何世纬来了。世纬已经有了一番心理准备，不论华又琳此番前来，是怎样的动机，怎样的目的，她总是他父母为他选的女孩，带来了家乡的呼唤和亲情。一封父母亲笔的家书，已让他心中恻然。听余妈和阿福两个家仆，细述沿途种种，才知道华又琳跋山涉水，这一趟走得十分辛苦。世纬对这个女子，在百般惊诧和意外之余，却也不能不心生佩服。尤其她一见面的那番话，表现出来的，是一个受过现代教育的现代女子，一个颇有几分男儿气概的现代女子。或者，这个华又琳能了解他种种遭遇，和目前的诸多牵绊吧！总之，不论她了不了解，世纬准备尽可能地对她坦白。

因此，这个晚上，世纬用了整晚的时间，向华又琳细述他来傅家庄的前因后果。关于小草、青青、静芝、振廷、绍谦、立志小学……能说的都说了。不能说的，是和青青的一段情。华又琳啜着傅家茶园里特产的碧螺春，听着这曲折离奇、不可思议的故事，她的眼睛越睁越大，她的注意力越来越集中，她的眼光越来越深邃，紧紧地盯着他。当他终于说完了，她不禁深深地抽了口气，好半天都回不过神来。世纬的声音恳切而真挚，眼光里带着抹渴求了解的光芒：

"华小姐……""叫我又琳！"她简短地说。

"好的，又琳！"他叹口气，"这整个经过，听起来虽然荒唐，但是，就是一件件地发生了，我卷了进来，一切都身不由己。你已经见到了傅家的每个人，我想你对老太太的印象深刻……现在，我不单单是希望你能体谅这一切，更希望你不要破坏了傅家目前的幸福……"

"幸福？"华又琳终于打断了他，迅速地问，"你把这种情况叫'幸福'吗？"世纬怔了怔。华又琳站起身子，开始在房里走来走去。她咬着嘴唇，时而看天花板，时而看窗外，然后，她站定在他面前，眼光落在他脸上。

"好！我听了你所有的故事！"她有力地说，"终于知道这大半年你在做些什么了！原来，你不愿在北京做真儿子，却跑到扬州来做假儿子！你不孝顺自己的父母，却来孝顺别人的父母！不止父母，还有这儿的孩子们……小草，立志小学。你做的真不少!"

世纬注视着她,一时间无言以答。

"你这个人真是奇怪,我们自幼读书,只知道要'老吾老以及人之老,幼吾幼以及人之幼',不管怎样,都把这个'吾老'和'吾幼'放在前面,你呢?你把'人老'和'人幼'放在前面!你真是与众不同!"

听出她语气中的讽刺和不满,他勉强地接了口:

"我的父母一生平坦,没有遇到大风大浪,生活也平静无波,在北京,我的职业名称是'少爷',什么都不用管!在这儿,傅家两老早已心力交瘁,情景堪怜……这情况不一样啊!"

"所以,你就在这儿当定假儿子了?"

"不不,这只是暂时的情况,我并没有做长久之计……只等老太太精神状况一稳定,我就回去!"

"有你这样孝顺,老太太怎会痊愈?"又琳锐利地看着他,"据我今晚的观察,她是宁可有你这个假儿子,而不要痊愈起来面对真实的……""又琳!"他急促地说,压低了声音,"你能不能小声一点?你左一句假儿子,右一句假儿子,万一给老太太听到,会让她整个崩溃的!"华又琳蓦然抬头,紧紧盯着他。

"你真心真意地关心她,同情她,是不是?"

"你听了整个故事,难道你没有丝毫震动的地方?"

"我确实震动!我不是为傅家两老震动,我为你何世纬震动!世界上有你这样随遇而安的人,真让我大开眼界!这整个的事件我必须好好地想一想。老实告诉你,我这次来扬州,受了两家家长的重托,要把你押回北京去!至于我自己,我只是想来看看你这个人物,这个从未见过我,却把我否决得干干净净的人物!这个带给我深刻的羞辱的人物!这个自认为了不起的人物……"

"总之,"世纬大声一叹,"你是来兴师问罪的!"

"不,你错了!"华又琳眼光灼灼,"我不只是兴师问罪,我还要判决你,还要让你服刑!但是,现在的状况太复杂,我在做一切审判之前,必须把你的案情摸摸清楚!"她扬了扬下巴,忽然微微一笑,"放心,在彻底了解案情之前,我不会轻举妄动的!"那晚的谈话,就这样结束。夜色已深,世纬离开又琳的房间,心事重重地回到自己房里。

青青正在他房里等着他。

看到他走进门,青青立即投入了他的怀里,用手臂紧紧环绕着他,把面颊埋进了他的肩窝。和青青相识这么久,这是第一次,她主动表示了她的热情。

"世纬。"青青在他耳边,急促地说着,"对不起,我偷听了你和华又琳的谈话,我现在才知道,你的未婚妻是怎样一个人!我也明白了,为什么婚姻要讲究门当户对!我听到她对你说什么老啊老、幼啊幼的,我才知道我太天真了,原来,她才是你的物件,能够和你平起平坐、谈读书、谈理想的那个人!你以前不知道她是怎样的人,还可以不理她,现在你知道了!所以……所以……"她落下泪来,声音哽咽,"如果你不要我了,我也不会怪你的,我不敢跟她去比……"

"青青！"世纬惊愕地喊，用力扳起她的头，去凝视她的眼睛，"你不信任我吗？""我如何信任你？"青青倒退了一步，悲切地注视着他，"虽然我早就知道你有个未婚妻，可是这三个字在我心里只是模模糊糊的一片，我没有认真地去想过，直到现在，一个真真实实的人站在我面前，我才明白，什么叫大家闺秀，她让我觉得，自己好渺小啊！"

"渺小？这个渺小的你，让我早已缴械投降了！在我们一起经过这么多患难，这么多痛苦和欢乐之后，你还不能对自己有信心吗？你还不能对我有信心吗？华又琳的突然出现，确实让我措手不及，也确实给我带来良心的谴责，但是，她不能动摇你在我心里的地位！一点都不能！"

"你不要说些甜言蜜语的话来哄我！"青青揉了揉眼睛，又倒退了一步，"你会让我的脑子发晕，糊里糊涂地看不清自己，傻里傻气地一直做梦……你不能这样子对我呀！如果最后你还是会离开我，现在就不要骗我……"

"骗你？"世纬冲上前去，用双手捉住她的双臂，激动地说，"如果你不相信我，你去问绍谦，问他我怎么说过！青青！"他把她紧拥入怀，"或者，你没有华又琳的学问，没有她的身份和家世，但是，你是那个——我唯一想要的女人！我这辈子只要你一个，听清楚了吗？"

她摇头。"听不清楚！"她啜泣着，"不敢听清楚！"

"青青！"他凶了一声，"我要生气了！"

"不要生气，千万不要生气！"她急促地轻喊着，"你不知道我有多害怕，害怕你会跟着她回北京，把我和小草、婆婆和立志小学全体都丢开！因为，她说的话，好像每一句都那么有道理呀！"世纬忽然泄了气，是啊，又琳的话，句句有理，句句打入他的心，怎能"老人老"而不"老吾老"？怎能孝顺别人的父母，而不孝顺自己的父母？他蓦然明白，青青的恐惧，确实有原因。北京，父母，都跟着又琳而来，变成一股强大的力量了。这股力量，在随后而来的日子里，逐渐加强。

又琳在大家的安抚下，暂时住了下来。她没有闲着，每天都努力地在"摸清底细"。她和月娘深谈过，和小草接触过，和静芝沟通过，连立志小学，她也没放过。她去了学校，和众小孩立刻打成了一片。世纬看她带着孩子们做游戏，才想起她是师范毕业的科班生。她教孩子们唱了一首很可爱的歌：

> 我们来自四面八方，欢欢喜喜上呀上学堂，
> 说不出心里有多么欢畅。
> 你是个小小儿郎，我是个小小姑娘，今天高高
> 兴兴聚一堂。
> 最希望，最希望，老师慈爱，笑口常开，
> 轻言细语如爹娘！
> 天上白云飘飘荡荡，大地一片绿呀绿苍苍，
> 老师啊我们爱你地久天长。
> 看江水正悠悠悠，看帆影正长长长，我们排着
> 队儿把歌唱，

真希望，真希望，没有别离，没有悲伤，
永远相聚不相忘！

孩子们喜欢又琳，跟着她又唱又闹，喊她华老师。绍谦简直惊愕极了，对世纬说：
"你这个未婚妻，实在是个奇女子！我要不佩服她都很困难！"说完，他就突然一把揪住世纬的前襟，非常生气地嚷："你有没有告诉她青青的事啊？如果你说不出口，我去帮你说！""你别慌，"世纬挣脱了他，"这个华又琳，她没有一分钟闲着，眼观四面，耳听八方，她显然要把我的罪状，一条条理出来。你想，她住在傅家庄，还有什么看不出来的吗？"
是的，华又琳已经看出来了。青青那对眼睛，始终追随着世纬，徘徊不去，就是傻瓜也会知道必有内情，何况是冰雪聪明的华又琳？事实上，青青和世纬那假兄妹的关系，也老早被振廷和月娘看穿了。傅家上上下下，早就把世纬和青青，看成一对了。连小草都已明白，青青是一心一意要当大哥的媳妇儿。再加上瞎婆婆左一句"媳妇儿"，右一句"媳妇儿"，华又琳还有什么不明白呢？但是，她忍耐着，什么都没说。几天后的一个晚上，她走进了振廷的书房，振廷正在和世纬谈海爷爷，派出去的人已陆续回来，李大海一去无消息，怕小草失望，他不敢声张。他们也谈华又琳，不知道她的来访要拖多久，未来会演变成怎样。正谈着，华又琳敲敲门走了进来。"傅伯伯！"她开门见山，对傅振廷说，"您觉不觉得，您、世纬、青青、小草、月娘……你们这一大伙人，在联手做一件非常残忍的事?""残忍?"振廷一愣,"你在说什么?"

"傅伯母啊,"又琳喊,"你们纵容她逃避现实,联合起来欺骗她,这样做对吗?失明已经是她逃避的好借口,可她眼瞎心不瞎啊!原来你们绝对有机会阻止她逃避的,结果你们却用怜悯来纵容她,造成她今天不只身体上不健康,心理上也不健康,这不是太不幸了吗?"

"又琳,"世纬想阻止,"你这些道理,我们早就分析过了……""如果分析过了,却继续纵容,就更加糟糕了!"又琳接话,"善意的欺骗对她没有好处,只是帮她挖了一个陷阱,让她越陷越深!现在想拉她救她,都不知从何做起!何况,你们迟早要面对问题,除非世纬准备在这儿当上一辈子的傅元凯!"世纬震了震,又琳的话,正说中他心里的痛处。这是事实啊!

振廷怔了半晌。"唉!"振廷长叹一声,显然,这话也说中了振廷的痛处,"是!我们确实是在自欺欺人……一开始的时候,我也反对这种欺骗,我也曾大发雷霆,但是,后来我妥协了,不单因为怜悯静芝,而是……我早已不像外表那么坚强了,我不过是个脆弱的老人……世纬带着小草、青青来到这儿,忽然间把我失去已久的一份天伦之乐,带回到我的身边,这种温暖的感觉,赶走了我的理智……陷进去的,并不止静芝一个人,还有我啊!"这是第一次,振廷如此坦白说出他内心的感觉。看到那么强韧的一个人,也有脆弱的一面,听到他坦承自己的软弱,世纬有说不出来的感动,也有说不出来的心酸。

又琳默然片刻，忍不住又说：

"我在这里再住几天，就要回北京了！世纬，你跟我回去也罢，你不跟我回去也罢！这是另外一个问题！你在这儿的所作所为，是不是像你自己想象的那么有价值，倒值得你好好检讨！说不定，你对傅伯母所做的一切，是爱之适以害之！想想看吧！"她对振廷鞠了一躬，退了下去。

振廷和世纬，面面相觑，两人都说不出话来了。

第十八章

华又琳把所有的"真实",一股脑儿带进傅家庄,让这庄院里的每一个人,都无法逃避,无法遁形了。

世纬左思右想,终于决定趁立志小学放寒假的时候,回北京一趟。乡愁和亲情,像两股剪不断的丝,把他层层包裹,密密纠缠。他再也承受不了这种压力了。再有,就是青青和华又琳,必须要做一个了断,这样糊里糊涂下去,绝对不是办法。他拥着青青,千般安慰,万种承诺。

"你知道,如果我不回家,你的身份就无法名正言顺。我一定要去告诉我的父母,我所爱的女孩名叫青青,我要娶的女孩名叫青青。至于华又琳,她有权利选择她自己的幸福,我要把这个婚约做个彻底的解决,否则,把她耽误下去,对她也是不公平的!所以,放我回去一趟,让我把这所有的问题都摆平,然后,我会回来和你团聚!"

青青默然不语,头垂得低低的。最害怕的事情,终于来临了。"怎样呢?"他问。"我跟你一起回北京!"

他吓了一跳。"不行!不行!""为什么不行呢?"青青眼圈涨红了,"这是我们两个人的事,让我们一起来面对!"

"这未免太鲁莽了!青青,你必须试着去了解我的家庭,我父母是非常传统、非常保守的人。他们完全不知道我在这儿的情形,也不知道有个你!在他们的心中,早已认定华又琳是他们的媳妇儿,假如我现在把你带到他们面前,说我不要华又琳,我要你,那是将他们一军,是跟他们宣战啊!你认为会成功吗?"青青呼吸急促,无言以对,只感到心如刀绞。

"想想傅家庄!"世纬沉痛地说,"想想傅元凯和朱漱兰!我会变成真正的傅元凯,你就是朱漱兰!"

"不会的!不会的!"青青痛喊出声,急忙去蒙世纬的嘴,"不要说这么不吉利的话,你不是元凯,你会长命百岁,我也不是漱兰,请你不要这样说!"

"好,我不说,再也不说了!"世纬抓住她的手,"青青,理智一点,让我们用短暂的离别,换取永远的幸福,好不好?好不好?眼光放长远一点,好不好?我不是一去不回,只是去个把月,我答应你尽快回来,一定回来,你就待在傅家庄等我,好不好?"青青抬眼看他,愁肠百折。

"世纬,"她结结巴巴地说,"我……我……不在乎你有华又琳,如果她肯接纳我,我……我就当第二,也没有关系……只要能跟在你身边,我……我……"

"青青!"世纬惊愕地喊,紧紧注视着她,"不要用这种条件,来诱惑一个平凡的男人!如果我真的接纳了你的建议,你认为你还能真正地快乐吗？华又琳呢？她又能快乐吗？"

青青愣着，答不出话来。

"我看过很多家庭，因为妻妾不和，而弄得天下大乱！我不想做这种家庭的男主人，而且，你已经占满了我整个胸怀，我不知道，我还有什么位置给华又琳？"

"可是，可是，"青青担心极了，"只怕你一回北京，面对你的父母、华家的长辈，你这所有的道理，不一定说得出口啊！""你让我去试一试，好吗？我知道等待的滋味很苦，离别的滋味也很苦，我们一起熬，熬到苦尽甘来的时候……青青，我不要和你做一时的夫妻，我想和你做一世的夫妻啊！"

青青投进了世纬怀里，紧紧拥着他。生怕自己一松手，他就会消失无踪。华又琳得到世纬的承诺，十二月将动身回北京。她算算日子，只有一个多月的时间，她立即做了一个决定：

"我等你！到了十二月，我们一起回北京。"

世纬无法拒绝，青青愁眉深锁。对这样的决定，大家还不敢告诉静芝和小草。整个傅家庄，陷在一种"山雨欲来风满楼"的气氛中。十一月初，扬州医院的眼科主任林大夫登门拜访，力劝静芝为那百分之二十的复明机会去接受手术治疗，他说：

"你没有什么可失去的了。如果手术失败，你和现在一样，不会再增加任何缺陷，如果可以恢复 0.2 的视力，你就等于成功了！"静芝非常抗拒，她说了几千几百个十分牵强的理由，来拒绝这件事。但是，林主任如此积极和主动的态度，却振奋了傅家庄的每一个人。尤其是世纬,想到自己离别在即,不禁强烈地希望静芝在他走前完成手术,不论是成功或失败,总算有个结果。于是,全家大大小小,男男女女,都开始对静芝展开最强大的说服工作。

"想想小草吧!"振廷说,"小草被车撞成那样子,都没有放弃努力,她那种求生的意志让我们每个人都感到震撼,是不是?你怎么可以允许自己如此懦弱?"

"对!我就是懦弱嘛!"静芝逃避地喊,"我已经习惯了!我不需要眼睛!""什么叫'习惯'了?"振廷恼怒而沉痛,"你的'习惯'是全家人付多少代价换来的?要专人全天候地照顾你,一步离身要喊,三步跑开要寻,你一个人在黑暗里摸摸索索,明地里多少人忙得团团转,你知道吗?'习惯'?这个习惯,未免太奢侈了!""其实你也想治好眼睛对不对?"世纬见振廷措辞严厉,急忙插了进来,"想想天空的蓝,湖水的绿,烟雨中的瘦西湖、五亭桥。即使这些你都不想看,想想咱们花园里的四季红、黄金菊、秋海棠,还有那棵琼花树……这些,也是你习惯里的东西,你不想再看看它们的庐山真面目吗?"

"还有我呢!"小草激动地说,"婆婆,你不想看看我是什么样子的吗?你从来就没有看过我啊!"

"不行不行!"静芝挣扎地喊着,"我怕疼!我就是怕疼!我不要动手术……那会疼!"

那天晚上,静芝发现小草跪在佛堂里祷告:

"菩萨!婆婆不肯去治眼睛,她说她怕疼!我也想过那肯定是很疼的，我好想告诉她那不会疼，可我不能骗她呀！所以我要先来跟你商量，可不可以让我帮她疼呢？反正我常常头疼的，多疼一次也没关系……菩萨菩萨，我知道你很灵，婆婆那么爱我，我要报答她呀……"

静芝摸索着冲进佛堂，抱住了小草，流下泪来。

"小草啊！你是老天赐给我的孩子哦！为了你，为了大家，我去治眼睛，我去，我去……"

十一月十五日，静芝动了手术。

接下来，是大家全心全意的期待。静芝眼睛部分缠绕着层层纱布，在医院里住了一星期。医生天天来换药，每次纱布解开时，大家都屏息以待，希望听到静芝喜悦的呼叫声，但是，一次次都失望了。一星期后，医生把室内光线调得很暗很暗，彻底解除了静芝的纱布。"纱布和绷带都不需要了，睁开眼睛，你试着看一看！告诉我你看到了什么？"室内，振廷、月娘、小草、青青、世纬环侍床前，大家都焦灼地期待着，每张脸孔，都充满了热烈的渴盼。静芝似乎在"看"，呼吸急促。目光十分不稳定地转动，头也跟着转动……然后，她发出一声凄厉的呼叫：

"不！我看不见！我什么都看不见！纱布给我！快把纱布给我呀！把我的眼睛缠起来，包起来……我不要再看了！这是没用的！我还是个瞎子，我注定是个瞎子！我早就知道了！"

大家都失望极了，小草尤其难过。只有林医生，反复用仪器检查之后，说："真的不需要纱布了。先出院回家吧！慢慢适应光线，每天定时上药，过几天，我们再检查！"

静芝在大家的搀扶下，回到了傅家庄。不知怎的，手术前，她的眼睛是睁开的，手术后，她反而老闭着眼，口口声声要她的纱布："我要纱布！把眼睛包起来！包起来！没有纱布，我觉得好不安全！""睁开眼睛！"世纬说，"医生说，你要适应光线！"

静芝睁开眼，茫然四顾，痛苦不堪。

"我什么都看不到啊！"

"婆婆，没有关系！"小草走了过来，"你不要难过，说不定哪天，你就看见了……"小草走得急了，脚下一绊，差点摔了一跤，静芝本能地伸手一抱，喊：

"小心！"全屋子的人都傻住了。

小草慢慢离开静芝的怀抱，抬头看她。

"婆婆！"她小小声地说，"你看见了！"

静芝瞪着小草，面如死灰。她猝然间跳了起来，奔到窗边去，用手蒙住眼睛，她凄厉地喊：

"为什么要拿走我的纱布？我躲在纱布后面，听着你们的声音，一个个我所熟悉的声音，我才能拥有你们啊！我不要看，我根本不要看呀！"世纬全都明白了。他大踏步冲了过来，惊喜交加，却也激动莫名。他用力拉下静芝的手来，扶住她的身子，强迫她面对着自己："原来手术已经成功了！只是你不要看，不想看！你激动伤心痛苦都不是因为手术失败，而是你找不到元凯！你看到的我，是一张完全陌生的脸孔！"

静芝满脸恐惧，慌乱地瞪着世纬。

"我不认识你,你是谁?"

振廷冲上前去了。"静芝!你看见了!"他激动嚷着,"为什么你还要装成看不见呢?你睁大眼睛,看看我们每一个人吧!"

静芝更加慌乱了:"振廷,元凯呢?元凯呢?"

"醒醒吧!"振廷喊着,"没有元凯,只有世纬!你面对着世纬,却在心中勾勒出元凯的形象,这个年轻人,他来自北京,他不是我们的元凯啊!"

静芝仓皇地想退开,可是,世纬紧握着她的双臂,不许她逃开。"看着我!傅伯母!"他有力地说,"把我看看清楚,我了解这一刻,对你来说是多么困难,可是,你一定要面对真实啊!医生已经为你打开了灵魂之窗,现在就靠你自己打开心灵之门,请你打开它,勇敢地走出来吧!"

静芝退无可退,紧张地大叫起来。

"媳妇儿!媳妇儿!"

月娘推着青青走上前去。

"太太,这就是你喊作媳妇儿的人!你看看她!也许你并不记得你真正的媳妇儿长得什么模样,也许你也不记得她真正的名字叫漱兰,但是,这个年轻的姑娘,比漱兰小了十来岁呀!"静芝战栗地瞪着青青,手足失措。

"你……你是谁?"她问青青。

"我是青青!""你不是我的媳妇儿?"她再问。

"我不是。"静芝泪流满面了。小草奔过去,抱住了静芝。

"婆婆,你别哭,虽然大哥不是元凯,青青也不是媳妇儿，可是大家都爱你呀！"静芝终于"正视"世纬，她颤抖着双手，去抚摸世纬的脸孔，从眉毛，到眼睛，到鼻子，到嘴唇……她摸着，看着，泪落如雨。张着嘴，她努力地想说话，都说不出来。

"你想说什么，说吧！说吧！"世纬鼓励地。

"你……你……"静芝用出全力，终于吐出声音，"你不是我的元凯……你是世纬！你是何世纬！"

世纬把静芝搂入怀中，紧紧抱住，泪水也夺眶而出。

"是！我是何世纬，对不起，我好抱歉我不是真的元凯！"

静芝放声痛哭起来，这一哭，真是肝肠寸断。满屋子的人，全都稀里哗啦哭成一团。振廷尤其是老泪纵横。良久之后，静芝慢慢抬头，推开世纬，她找到振廷。

"振廷！"她恍如隔世般地说，"你……你头发都白了！"

振廷眼泪一掉，伸手握住静芝的手。

"是的，我们的头发都白了！"

静芝看到了月娘："月娘，这些年来，委屈了你！"

月娘泪如泉涌，激动地喊着：

"太太！月娘心甘情愿呀！"

静芝再看振廷："振廷！我们的儿子呢？元凯呢？"

"死了！"振廷清清楚楚地说了出来，"他死了！死了快十年了！"静芝呆立了几秒钟，然后摔开众人，奔出房去。众人紧跟在她身后，追了出去。她一直奔到前院里，在吟风阁下的广场上，手扶着一块假山石，跪伏于地。

"是的！是的！他死了！死了！"她痛喊出声，"就在这儿！漱兰把他的棺木送了回来……儿啊！元凯啊！"她凄然狂喊，"长长的十年，娘不曾为你烧过香，不曾为你招过魂……你就这样去了！儿啊！我终于想起来了……你去了……你早就去了……"她哭倒于地。振廷、月娘奔上前来，一边一个扶着她。但是，这样锥心刺骨地恸，使振廷与月娘，也跟着哭倒于地。

世纬、青青、小草全涌了上去，伸手抱住他们。

"伯母！"世纬热烈地喊，"元凯如果死而有灵，现在能看到一切，他见你双眼复明，神志清醒，他会含笑九泉的！"

"婆婆，你哭吧！"小草不知怎的，被这份悲恸感染了，也哭得泪如雨下，"我陪你哭！明天，我陪你去给元凯叔叔扫墓，我们给他烧香，我们给他招魂……好不好？"

静芝一把握住振廷："元凯，他……""是的！"振廷一边点头，一边掉泪，"他就葬在后面福寿山上！这些年来，你从不曾去过！"

"振廷啊！"静芝哭喊着，伏在振廷肩上。

大家都哭了。满院站满了人，都是奔出来观看的家人仆佣，此时个个都落泪了。就连那事不关己的华又琳，都目瞪口呆地站在庭院里，不知不觉地流了满脸的泪。

第十九章

　　静芝的视力，并没有完全恢复，她不能看书，不能看远，也看不见很细微的地方。但是，配上眼镜，她可以看到庭院里的花与树，房间里的桌与椅，餐桌上的菜与汤。最可贵的，是她能分辨出人与人的不同。再也不用听到声音，就提高嗓门问"是谁？是谁？"，这真是件太美妙的事情。当然，对静芝来说，从不能看到能看，她又用了好些日子，才能适应。尤其是面对真实之后，再也无从遁避，元凯之死，带来了刺骨之痛。可是，她终于从沉睡中苏醒了。

　　十二月一日，黄历上是个良辰吉日。在傅家庄，这天完成了一件大事。在静芝的坚持下，恳求下，在振廷与月娘的半推半就之中，傅家摆酒宴客，振廷在这个日子里，正式收了月娘为二房。那晚的傅家庄，真是热闹极了，灯烛辉煌，嘉宾云集。裴家的老老小小全来了，石榴也来了，地方上的父老士绅也来了，医院里的医生护士也来了。酒席从餐厅摆到花园，鞭炮放了一串又一串，真是喜气洋洋。其实，傅振廷娶妾，原不必如此铺张。但是，为了庆祝静芝眼睛复明，为了扫除这十年的阴霾，为了小草恢复健康，也为了世纬即将离去……这次的宴会，还真是一举数得。

绍谦那晚喝醉了。拥着石榴，他对青青说：

"人世间的姻缘，真是上天注定，半点也不能强求！你们这真哥哥假妹妹的，弄得我晕头转向，追得我七荤八素，原来，老天早就给我准备了一个人，就是石榴！"

石榴面红耳赤，直往青青身后躲。绍谦抓着她不放，大着舌头嚷嚷："好不容易今天不害臊了！才给说出来，你躲什么躲？"他一抬头，满眼都绽着光彩，"你们知道吗？前几天我跟南村那个吴魁打了一架，因为他抬了两箱聘礼往石榴家放，摆明了要抢亲！这还有天理吗？我听了就很生气，冲过去打了个落花流水，一场架打完了，吴魁问我，你是不是要守她一辈子，你不守着她，我还是要来抢！我当时就说了，我守她一辈子，我娶她！"满座宾客，全欢呼起来了。石榴的脸孔，这下子真像她的名字，红得像熟透的石榴。青青太为这一对高兴了，看着他们两个，想着这大半年来的种种，简直是笑中带泪的。绍谦嚷完了，忽然就一把抓住了世纬，大声说：

"你要把我们青青怎么办？你就说吧！你不给我撂下一句明话，我不会放你回北京的！"

世纬一句话已到了喉咙口："我守她一辈子，我娶她！"但是，一转眼看到华又琳，亮晶晶的眼睛，正盯着他看。他猛咽了一口口水，把这句话用力地咽回去了，只勉强地说了句：

"我们再谈！"青青好生失望。她不由自主，就对华又琳看去。正好华又琳掉过眼光来看她，两个女人的目光一接触，两人都震动了。此时，娶妾的仪式开始了。傅家还维持了传统的规矩，有个简短的仪式。丫头们捧着一个红绸托盘，托盘里放着一支银制镂花的发簪，静芝拿起发簪，给月娘簪上，月娘跪在静芝面前行大礼，司仪在旁边说：

"侍妾卑下，给太太磕头！"

月娘磕下头去。静芝一伸手，扶起她来，阻止了她的大礼，非常激动地说："虽然只是一个仪式，无伤大雅，我仍然不忍心加之于你，没有你，如何能有今天的我？十年的任劳任怨，十年的大好青春，你为我付出的是一个女人最可贵的一切，今天我怎么能拿着正室的头衔，让你对我行大礼？这些形式留给别人去用吧！我们傅家的月娘免了！"

宾客们鼓起掌来，人人感动。青青心有所触，不禁又对华又琳看去，正好华又琳也再度对她看来，两个女人的目光再次接触，两人又都大大一震。

第二天，华又琳和青青两个，避开了众人，在傅家庄的吟风阁上，第一次面对面地恳谈。

"我不敢和你争，"青青有些瑟缩，十分局促地说，"我知道我没有资格，但是……你可不可以……可不可以让我做月娘？"华又琳睁大眼睛，一瞬不瞬地看着青青。

"这是你们两个的意思吗？"她直率地问。

"不。"青青咽了口气,"我没有和世纬讨论过,我想……如果我们两个有了默契,或者世纬会知道怎么办?""那么,他现在并不知道要怎么办吗?"

"我想,他是很为难的。"

华又琳俯头沉思。半晌,她抬起头来。她的眼光非常幽柔,却深不可测:"我希望我们今晚的谈话,只有你知我知,不要传到世纬耳朵里去,那么,我就可以和你谈点我内心的话。"

"好的,我发誓,我绝不说!"

华又琳深深吸了口气。

"让我告诉你吧,傅伯母和月娘,确实让我心中感动。事实上,自从来到傅家庄,许许多多事情,都让我很感动。但是,我绝不是傅伯母,你也绝不是月娘!目前,我对何世纬这个人,还在评分当中,如果我给他的分数很高,那么,青青,我不管他有没有你,我会和你一争高下!我华又琳,没有那么好的气度,容许两女共事一夫的事!我也不认为何世纬配得上这种福气!如果我给何世纬的评分不高,你放心,我会把他完完全全地让给你!所以,现在的关键,是我给何世纬的评价,而不是我们两个,能不能和平共存!"

"那么,那么,"青青有些糊涂,有些焦急,"如果你给他的分数很高……""那你就是我的情敌!"华又琳坦率地说了出来,双眸闪亮,如天际的星辰,"我不会因为你的出身家世来看低你,我知道你是一个劲敌。但是,我们两个就像赛跑的人,你比我先跑,所以赢了我一大截。不过,我会很努力地追，拼了命要赢过你！我们这场赛跑只能有一个赢家，不是你就是我！绝没有平手！"华又琳对她深深点了点头，"所以，假若他的分数很高，我们只好各显神通！我不急，我还有很多时间和机会！"

青青越听越心惊，她抬眼看华又琳，那么美丽，那么自信，那么高贵，又那么光芒四射。她顿时就泄了气，自惭形秽的感觉把她整个包围了，她后退了一步，非常悲哀地看着华又琳，觉得自己已经输了。

"不要那么难过的样子，"华又琳笑了笑，"以目前的局面看，你已经稳操胜券了，输家是我呀！该悲伤的是我呀！何况……"她抬了抬下巴，挺直了背脊，"我的评分工作还没有完，说不定，他根本不及格呢！"

关于这次谈话，青青很守信用，没有告诉任何一个人。只是，她的忧郁症加重了。十二月已到，学校里就快放寒假了，离别的时间也一天比一天接近，离愁加上担忧，青青很快憔悴了。就在这时候，傅家庄又发生了一件大事，对小草、青青、世纬都带来极大的震撼，对振廷、静芝、月娘……和整个傅家庄，简直是惊天动地了！

海爷爷回来了！这天午后，长贵一路奔过庭院，穿过月洞门，穿过好几进花园，一路喊着："海叔回来了！老爷！太太呀！海叔回来了！"

振廷、静芝、月娘、小草、世纬、青青、又琳……全从各个角落往外奔，小草太激动了，等待了快一年呀！她的海爷爷啊！大家蜂拥到吟风阁外的广场，就看到李大海风尘仆仆，一身潦倒，满脸憔悴地站在那儿。振廷奔过去，握住大海的手，真情毕露地喊出来：

"大海！我派了好多人去找你，找得好苦哇！你这个老糊涂，和我吵吵架，吵过就算了，还认真吗？我这火暴性子你还摸不清吗？怎么当真给我走得无影无踪……你的侄孙女儿，在我家已经住了大半年了！也等了你大半年了呀……"

小草飞奔而来，张着手臂，流着泪喊：

"海爷爷！海爷爷！是我啊！是小草啊！我和青青来找你，你怎么不见了呢？怎么不去东山村呢……"

李大海瞪视着小草，张口结舌。

"小……小……小草！"他颤抖地伸出手去，"你怎么会在这儿？真的是你？小……小草？"

"是我啊！"小草抱住了李大海，喘着气，又哭又笑地说，"我在这儿住了好久好久了呀……"

"是啊！"静芝走上前去，搀扶着那摇摇欲坠的李大海，"你的小草，真是个宁馨儿啊！这一年里，她感动了我们每一个人，连我的眼睛，都因为她的努力，才治好了呀！你这个侄孙女儿，真是我们全家的宝贝呀！"

李大海不相信地，做梦般地看静芝，看振廷，看小草……双膝一软，扑通跪落地。"老天有眼呀！"他痛喊出声，双眼看天，"大树千丈，落叶归根……元凯少爷呀！你在天之灵，默默保佑啊！你指引的这条路，十分辛苦，总算走到了呀！"

全体的人，都大大震动了。静芝痉挛般地一握李大海的胳臂，战栗地问："你说什么？你说什么？为什么要扯上元凯？这与元凯有什么关系……"李大海推出怀里的小草，老泪纵横了。

"老爷太太啊！这小草，她是你们的孙女儿呀！我守着这个秘密，已经十个年头，把她寄养在亲戚家，也已经九年了！老爷啊，挪用公款，是迫不得已呀，我那不成材的表侄儿，一直敲诈我呀……老爷啊！你再看看这孩子，难道你没有几分熟悉……她是元凯和漱兰的女儿啊！"

静芝一个踉跄，差点晕倒。月娘慌忙冲上前来扶住。振廷如遭雷击，整个人震动到了极点，他抓住李大海，开始疯狂般地摇着他："怎么会这样？你说的是些什么话？怎么会这样？"

"老爷太太，你们回忆一下吧！这孩子，漱兰曾经抱回来过呀！就在这儿，就在我跪下的地方，漱兰扶柩归来的时候，曾抱着这孩子，请你们让她认祖归宗……老爷，那时你悲恸欲绝，不肯承认这孩子，你当时说的话，还言犹在耳呀！你说你既不承认这个婚姻，也不承认这个孩子呀！"

恍如晴天霹雳，振廷被这霹雳打得站立不稳，东倒西歪。他倒退一步，急忙去看小草。此时，小草已被这样的突发状况，弄得心神大乱。她看看李大海，再看看振廷、静芝，脸孔刹那间就变得雪一般白。她颤声地、恐惧地问：

"怎么回事？海爷爷，你不要吓我，我是你的侄孙女儿，我没爹没娘……你说的，你说的……怎么会变成这样呢……"
"孩子啊！"静芝已经整个醒悟了，眼泪疯狂般地掉下来，她对小草伸出双手，祈求般地喊着，"原来你是元凯的孩子，原来你是我们的亲骨肉呀！我现在才懂了，为什么你的一言一语，总是牵动我的心……原来是骨肉天性呀！小草，过来……"她伸手去拉小草。小草急急一退，慌乱地说：

"不是这样的，海爷爷！海爷爷……"

"是这样的！"李大海扶住了小草，"小草，你爹临终时，心心念念要你认祖归宗，现在，虽然晚了十年，总算等到了这一天，你快认了你的爷爷和奶奶吧！"

振廷注视着小草，往事历历，如在目前。朱嫂、棺木、漱兰，还有漱兰怀抱里的婴儿。他下令开棺，棺盖开了，元凯的尸体赫然在目，这使他所有的希望全体破灭，漱兰手抱婴儿，惨烈地喊着："对不起，这是个女孩子，但她是你们的骨血！孩子无辜，请你承认她，收留她吧！"

女孩子！如果是个男孩子，他大概不会那么绝情。一个活生生的儿子，竟换来这样一个哭哭啼啼的小女婴？他心魂俱碎，一面倒退，一面凄厉地狂喊：

"你剥夺了我儿子宝贵的生命，却抱来这么一个小东西要我承认？她身上流着你的血液，你这个女人，导致我家破人亡！承认？不！我既不承认你们的婚姻，我也不承认这样的孩子！不承认！不承认！永不承认……"

往事历历，如在目前。自己说过的句句字字，如今都成绵延不断的轰雷，一个接一个地在耳边劈下。他注视着小草，感到自己已经被劈得七零八落。

"小草啊！"他颤声喊，"我害你十年来，不曾享受过家庭温暖，害你流浪在外，漂泊多年！小草啊！你不知道我现在有多么后悔！"小草抬起头来，眼泪一掉。

"你不承认我！你不要我！被赶走的元凯和漱兰，原来是我的爹娘？海爷爷不是我的亲人，你们才是？我不喜欢你们这样讲！"她泪落如雨，剧烈地抽咽着，"你们大人一下子讲这样，一下子讲那样！我不喜欢，我不要！我是小孤儿，青青知道！"她找到青青，哭着奔向她。"青青！青青！青青！"她扑进青青怀里，痛哭起来。

"报应！报应啊！"振廷痛楚地低喊，"都是我造的孽！当初不认你，换了你今天不认我！"

"小草！"静芝去拉小草，"你一直那么爱我，现在，知道我是你的亲祖母，你为什么不高兴呢？"

"我不要！我不要！"小草哭着，挣扎着，"如果你们是我的爷爷奶奶，那么漱兰呢？我的娘呢？"

"小草啊！"李大海冲口而出，"你的娘还活着！活得很不好，活得好辛苦啊！但是，她还活着呀！"

此话一出，小草呆住，静芝、振廷呆住，全体的人，都呆住了。

第二十章

那天晚上,所有的人都围着李大海,听李大海细述漱兰的故事。天气突然转凉了,房里生起了火盆。大海坐在火盆边,小草搬了张小凳子,坐在他的膝前,仰着脸,痴痴地看着他。振廷、静芝、月娘、世纬、青青、又琳全围着火盆坐着,都非常专注地凝视着李大海。"漱兰的娘家在苏州,家里除了母亲朱嫂以外,已经没有人了。元凯和漱兰婚后,在苏州住过一阵,生活艰难,又转往无锡,就在无锡生病去世。漱兰和朱嫂,把元凯少爷的灵柩送回来以后,就又回到了无锡。这期间,傅家和漱兰虽斩断了关系,我却背着老爷,每年去无锡两三次,给漱兰母女送一点钱去。我想,小草好歹是少爷的骨肉,漱兰好歹是个媳妇……说不定,老爷会有回心转意的一天……"他注视着振廷,歉然地说,"老爷,是我把元凯少爷抱大的,我实在于心不忍呀!""你做得好,做得好!"振廷激动不已地低喃着,"我傅振廷何德何能,会有你这样忠心的家人啊!"

"后来呢?"小草急急地问,"我不是跟我娘住一起的吗?怎么会去北方呢?""唉!"李大海长叹了一声,"那漱兰本想把孩子送回傅家庄,自己就追随元凯少爷去了。谁知老爷在悲恸欲绝中,竟把漱兰母女三代,全逐出门去。漱兰回到无锡,痛定思痛,整个人就失魂落魄的。那时小草还没满周岁,漱兰也爱得厉害,可是,她一天比一天糊涂,逐渐就什么都弄不清了……"

"我知道了,"静芝哑声说,"她和我一样糊涂了,不肯承认元凯已经去了……""不不,不一样。"李大海接话,"太太只有对元凯少爷的生死问题糊涂,其他事情都清清楚楚,有条有理的。漱兰不一样,她所有的事都搞不清楚了。她会在大太阳天,拿着蓑衣,打着雨伞,跑到田里去,口口声声说下大雨了!她还会在下大雪的日子,抱着衣服去井边洗,把自己冻成一根冰棒。她分不清春夏秋冬,弄不清自己是冷是热,也不管白天黑夜……她把朱嫂弄得疲于奔命……她是完完全全地疯了呀!"小草睁大眼睛,眼里已蓄满了泪。

"可是,漱兰好爱小草呀,在这种情况下,她总是抱着小草不放。所以,下雨天小草跟着她去淋雨,下雪天跟着她去淋雪,大太阳天跟着她晒太阳。这还没关系,她疯得越来越厉害,就常常忘了手里抱着孩子,一次,差点把小草摔到井里,一次又掉进火盆,幸好朱嫂没命地抢救,才没有烧死……因为元凯少爷是肺炎去世的,漱兰最怕的事就是小草着凉,她用一条条棉被把她裹着,有次又差点闷死……这样发展下去，朱嫂胆战心惊，一天到晚和漱兰抢小草，每次抢走了小草，漱兰会尖叫大闹，非抢回不可。抢了回来，又不知道如何保护……这样，有一天，正好我去了，发现朱嫂抱着小草没命地逃，漱兰拿着把剪刀在后面追，原来漱兰要给小草剪头发，朱嫂看她眼睛发直，没轻没重，吓坏了，去抢小草，混乱中，朱嫂手腕上被剪刀划了过去，伤了好深一道口子，流了好多血。我制伏了漱兰以后，朱嫂已经崩溃了。她把小草交给我，说：抱她走吧！随你把她送给什么人，让她可以好好活下去就行了！我检查小草，发现这未满周岁的孩子，已经遍体鳞伤，再看朱嫂那残破的小屋，和神志不清的漱兰，我知道，要救她们祖孙三个，只有狠下心来，送走小草……"

李大海停顿了一下，眼光落在小草脸上。

可怜的小草，听了这样的故事，她又落泪了。

"我知道了，然后，你就把我送到表叔表婶家！"她吸了吸鼻子，"可是，你怎么不告诉我呢？"

"我决定送走小草的时候，"李大海继续说，"朱嫂哀求地对我说，要我保证照顾小草，但是，永远不要告诉小草有关漱兰的一切，她哭着说：不要让孩子知道她的母亲是这种样子！她还说，她要全心照顾她的女儿，既然无力抚养小草，从此，就当不曾有过这个孩子！我抱着小草离去的时候，正下着大雪，漱兰知道我抱走了小草，她追在后面惨叫：'不要不要……我要小草！我不闯祸了！求求你们！别把我们母女分开呀！还给我！求你们把小草还给我……'那叫声真是凄惨，我抱着小草回头对她说：'你们永远不会失去小草！我发誓要让她好好长大，总有一天再与你们团圆！我一定做到！'"

小草听到此处，早已成了个泪人儿。她把李大海紧紧抱住，哽咽地喊："海爷爷！你一直瞒着我！你怎么一直瞒着我！现在呢？我娘好不好？我外婆好不好？她们还在无锡吗？无锡在什么地方呢？我们快去找她们吧！"

"是啊！"静芝也哭得稀里哗啦，"振廷，我们快去无锡，把朱嫂母女两个，都接到傅家庄来吧！"

"是！"振廷拭了拭泪，看着小草，"我们明天就动身，去接你娘，接你外婆！让我用以后的岁月，来弥补以前的错。"

"太好了！"世纬感动得眼睛都湿了。这才知道，当初月娘述说漱兰"扶柩归来"的故事时，刻意隐瞒了有个女儿的事实，想必，月娘对振廷不认小草，也很不以为然吧！他注视着小草说："小草，真没想到，当初我送你来扬州，只是找你的海爷爷，现在，不止找到了海爷爷，还有你娘、你外婆、你爷爷、奶奶……原来你不是小孤女，你有一大家子亲人呢！明天，让我和青青，陪你去接你娘！"

"我可不可以去呢？"华又琳忍不住问。

"去去去！"月娘说，"我们大家都去，当初不曾给漱兰风光过，现在，我们把她风风光光地接回来。老爷，行吗？"

"就这么办！"振廷回头就喊，"长贵！你快去安排船票，算算看有多少人去！""月娘，你就去打扫房间！"静芝吩咐。

"我让出我的房间给她们住!"世纬急忙说,"我住到客房里去,我现在那房间,是元凯以前住的,或者可以唤回漱兰的回忆!""对对对!"月娘说,"这样最好不过……"

"等一等,等一等!"李大海见大家说得热络,急忙提醒众人,"你们一定要知道,漱兰已经疯了许多年,而朱嫂,也早已心力交瘁……你们要接她们回来的计划,还是等见了面再说吧!"大家注视着李大海,每个人都感觉到李大海言外之意,是无比地沉重。只有小草,带着全心全意的热诚和期盼,说:

"我已经等不及明天了!如果今天就是明天,那有多好!"

漱兰和朱嫂,住在无锡郊外,一栋破落的小四合院里。院子早已荒圮,杂草丛生。东西两厢房都空着,她们母女,住在南院里。两间窄窄的屋子,堆满残破的家具,和残破的日用品。这天的漱兰很不安静。整天在屋子里东翻西翻,不知道在找寻什么。朱嫂的眼睛跟着她转,平常用来安抚她的毛线篮,今天也起不了作用。她像一只困兽,在室内兜了几百圈后,忽然跑进院子里,一眼看到放在屋檐下的水缸,她大惊失色,冲过去提起水缸边的两个水桶,返身就往外狂奔而去。"漱兰!你去哪里?漱兰!你回来啊!"朱嫂追上前去,要夺水桶,"给我!给我!你拿水桶做什么?"

"我要去打水!"漱兰喊着,"只剩半缸水了,不行的!我要把水缸装满,然后我去劈柴……"

"你不要打水!也不要劈柴,你给我在房间里待着!"朱嫂用力去拉她。"不行呀!"漱兰开始尖叫,"天快黑了,太阳下山了！元凯快回来了！他看到水缸不满，会去打水，他会累出病来的，不行不行……让我去呀！"她奋力一夺，力大无穷，手上的水桶，重重地敲打在朱嫂的腰上，朱嫂痛得弯下身子，漱兰乘机冲过去打开大门，拔脚飞奔。

"回来啊！漱兰！不要乱跑呀！你别给我闯祸了，我求求你呀……"朱嫂顾不得痛，站起来就追。

漱兰挥舞着水桶，跑得好快，朱嫂在后面，追得好辛苦。

就在此时，振廷、静芝、小草、大海等人，浩浩荡荡地来了。抬头一看，见此等景况，一行人都大惊失色。漱兰已舞着水桶奔近，朱嫂见一大群人，也没弄清楚是谁，就着急地喊："请帮忙拦住她！别让她跑了！快！"

"朱嫂！你别急，是我们来了！"李大海急忙说，一下子拦在漱兰前面，"漱兰，你别怕，是我啊！我是海叔，我来看你们了！"漱兰忽然看到好多人，吓了一跳，收住脚步，害怕地看着李大海，身子开始节节倒退。

"谁？谁？谁？"她嗫嚅着，"不要拦着我，我没有闯祸，我要去打水，打水……"小草排开众人，大步冲上前去，抬起头来，她一瞬不瞬地凝视着漱兰。虽然漱兰衣冠不整，容颜憔悴，但她仍然是个非常美丽的女人。小草就这么一看，母女天性，已油然而生，她张开手臂，一把抱住了漱兰的腿，哭着喊：

"原来你就是我的娘啊！娘！娘！我是小草啊！你的小草啊……"随后追来的朱嫂，大大地震动了。她看小草，看大海，再看到静芝、振廷、月娘……她全然明白了。她的脸色倏然惨白，呼吸急促："大海！你……你让他们祖孙相认了！我不是说过，小草送给谁都好，就是不许送回傅家庄吗？"

"朱嫂！"大海歉然地说，"不是我的安排，是老天的安排呀！此事说来话长。但是，小草确实已回到傅家庄，也知道她自己的身世了！""朱嫂！"振廷往前跨了一步，"请原谅我以前的种种吧！"

"朱嫂！"静芝也哀恳地说，"我们带了小草，来向你请罪呀！""小草……小草……"漱兰开始喃喃自语，丢掉水桶，张开双手，茫然失措地看着那抱住自己的孩子。

"是啊！是啊！"小草仰起头来，满脸泪痕，"我就是小草，我来看你了！对不起，我应该早点回来的，可我不知道啊！一直到现在才晓得我有娘……对不起，娘！你原谅我呀！"

朱嫂这样一听，就再也顾不得振廷和静芝了，她扑蹲下来，激动地去拉住小草，上上下下地看她，泪如雨下。

"小草，你长这么大了，长得这么好了！当初忍痛送走你，还是做对了！"小草泪汪汪地看着朱嫂：

"你是我的外婆，是不是？"

"是！"朱嫂抽噎着，心酸极了，"孩子啊！外婆没有用，不曾好好照顾你，那么小，就忍心把你送走……外婆好难过呀！""外婆！"小草激动地大喊，扑进朱嫂怀里，"我都知道了，你是为了爱我，才送我走的！你要照顾娘，你没有办法……你是好外婆，世界上最好的外婆……"

"小草！"朱嫂泣不成声了，"我的小草呀！"

漱兰震惊极了。这一声声"小草"，把她引回一个遥远的世界。她忽然想起了什么，转过身子，就向家里飞奔而去。

"小草？"她边跑边叫，"我的孩子啊！"

她冲进家门，直冲向卧房，满屋乱转地找寻着，最后扑到床上，急急忙忙拉了一个枕头，紧紧搂在怀里，笑了。坐在床沿上，她摇着枕头，温柔地拍抚着枕头，低喃地唱起歌来："小草儿乖乖，把门儿开开，快点儿开开，让你进来……小草儿乖乖，把门儿开开……"

朱嫂和众人都已追了进来，看到这种情况，人人都呆住了。小草眼睁睁地看着漱兰摇着枕头叫小草，实在受不了了，热泪盈眶地冲过去，她一把握住漱兰，激动地喊：

"娘！那只是个枕头，我才是小草，我才是啊！我长大了！都十岁了！你听懂没有？不要抱枕头，你抱我，哄我，摸我，亲我呀！"漱兰吓坏了。慌手慌脚地推开小草，死命抱紧枕头。

"不要吵！"她紧张地说，"孩子要睡觉！让开！让开！"她注视着怀里的枕头，"这是我女儿，她叫小草，我给她取的名字，女孩儿像小草……她三个月了……"她摇头，"不对，好像半岁多了……"她又摇头，"也不对，我记不清楚了……""是十岁了！十岁了呀！"小草急切地喊，"娘！你怎么回事呢？我们分开这么久，现在终于见面了，你怎么不要我，却要一个枕头呢？"朱嫂再也忍受不了，扑上前去抢那个枕头。

"漱兰！"她大喊着，"你睁开眼，看看清楚呀！孩子回来认你了呀！一声声叫娘，叫得我心都碎了，你怎么还能无动于衷,疯疯傻傻地去认一个枕头?不可以这个样子!把枕头给我!"漱兰抱着枕头,急急往床里躲去,朱嫂用力一夺,枕头落入朱嫂手中,漱兰尖声大叫起来:

"我的小草啊!还给我还给我!不要抢走我的小草啊……没有元凯,没有小草,我活不成啊……"

她叫得如此凄厉,人人都觉得惊心动魄。小草急急去拉住朱嫂,哭着说:"外婆!你就把枕头还给娘吧!不要吓她了!她抱着枕头,就像抱着我一样啊!"朱嫂泪水不断地滑落,望着小草,心里真是又悲痛又感动。她不由自主地把枕头交给了小草,小草又把枕头交给了漱兰,漱兰夺走枕头,就往床里面爬去,缩在床角,抱紧枕头,整个人缩成一团。"朱嫂!"振廷往前跨了一步,含泪说,"跟我们回傅家庄吧!我今天带着赎罪的心情来这儿,要把你们母女接回家去,漱兰这种情况,需要治疗啊,我们给她请医生,说不定可以治好她!""不!"朱嫂强烈地说,蓦地挺直了背脊,"九年来的每一时每一刻,每一分每一秒,我和漱兰都活在你们的阴影底下,这无休无止的折磨,全拜你们所赐!这场冤孽源自你们,害苦了我们!现在,你想把我们接回去,换得你良心的平安,没有那么容易!今生今世,我最不愿意再去的地方,就是扬州傅家庄!""请你停止恨我们吧!看在小草的分上,不要再恨我们了吧!"静芝悲切地喊着,"无论如何,我们共有着这个孩子呀!朱嫂,请给我们弥补的机会吧!"

"你们要弥补是吧?"朱嫂激动地说,"那么全体弥补到小草一个人身上去吧!""外婆!"小草回过头来,拉住朱嫂的手,"你和娘不回傅家庄,我也不回去了,我要跟你们一起住,现在我大了,可以和你一块儿照顾娘!""不不不!"朱嫂着急地说,"你不能回来住!"

"为什么不能?"小草问,"以前我是小娃娃,你才要把我送走,现在我会照顾自己,会做许多事……"

"不行不行!"朱嫂慌忙把小草推给静芝,"带走带走!你们快把她带走!""为什么你们都是这样?"小草倒退着,泣不成声,抬头看朱嫂,"他们以前不要我,现在换你不要我,好不容易找着了娘,她只要枕头,也不要我!为什么你们都不要我嘛?"

"朱嫂,"李大海沉痛地说,"别再伤孩子的心了,跟我们回去吧!让漱兰换个环境,说不定会好起来!"

"我的漱兰不会好了!"朱嫂摇着头,"家破人亡,生离死别,把她已经毁灭得干干净净!她不会好了!她现在只剩下一具空壳子,早已活得毫无意义,毫无尊严了!这种没有尊严的日子!让我和她一起熬过去!你们走吧!不要再来打扰我们了!""不对不对!"世纬再也无法维持沉默,挺身而出了,"朱嫂,你一定要相信,这世界上有奇迹,精诚所至,金石为开!傅伯母双目失明,可以重见天日,小草被车撞得奄奄一息,可以恢复健康……你如果目睹了这大半年来发生的种种事情,你就会相信,沧海可变为桑田!过去的悲哀,把它统统结束吧!过去的恨,也从此勾销吧!朱嫂,小草才十岁,不要让她到二十岁、三十岁时,还有悔恨!为了爱漱兰,为了爱小草,你就跟我们回傅家庄吧!你是漱兰的母亲,你选择了终身陪伴漱兰,无怨无悔!如果漱兰现在有选择的能力,你焉知道她不会选择小草?此时此刻,一家团聚,才是最重要的呀!"朱嫂凝视着世纬,她弄不清楚这个年轻人是谁,但是,她却深深撼动了。

第二十一章

就这样，漱兰和朱嫂，住进了傅家庄。

这真是一件不可思议的事情，裴家老老小小都来看漱兰，知道小草原来是振廷的孙女，大家的兴奋，都溢于言表，对振廷、静芝，称贺不已。但是，振廷与静芝的情绪，却非常沉重。漱兰走进以前走过的花园，进入以前停驻的房间，踏上往日的楼台亭阁，走上熟悉的假山水榭……她并没有像大家所期望的"恍然梦觉"，相反，她很害怕，缠着朱嫂，抱紧了枕头，她只是一个劲儿地说：

"娘，我不喜欢这里，好多好多人，挺可怕的！我们回家去！走，我们回家去好不好？"

月娘和静芝，向她解释了千遍万遍，这里就是"家"了。她越听越恐惧，越听越瑟缩。最后，就抱着她的枕头，缩在那好大的雕花木床里面，怎么叫也不出来。

小草自从漱兰归来，眼睛里就只有朱嫂和漱兰。每天一早，她就跑到漱兰房里，陪她梳洗，陪她吃早饭，甚至，陪她唱催眠曲，哄她怀中的枕头睡觉。她不肯去上学，也不再和绍文嬉戏，对青青和世纬，她都疏远了。她全心全意，想要在漱兰身上找寻母爱，也全心全意，要奉献出她的孺慕之情。她这样依恋着漱兰，漱兰对她的存在，却一直糊里糊涂。看她每天忙着端茶端药，送饭送汤，声声唤娘……简直让人心碎。她却做得热切而执着。这样一个心中有爱的孩子，对振廷和静芝，却表现出最冷漠的一面，自从身世大白之后，她喊娘，喊外婆，就是不喊振廷和静芝。以前，她称呼他们为老爷和婆婆，现在，她完全避免去称呼他们，甚至，看到他们就逃了开去。有次，月娘忍无可忍地捉住小草，激动地说："我不相信这是我所认识的小草！我不相信！你一向那么懂事，又那么善解人意！你爱家里的每一个人……怎么现在你变得这么狠心啊？难道以后，见到老爷太太，你都要不吭一声地跑掉？不管你喊不喊，他们都是你的爷爷奶奶呀！"

小草掉过头去看假山，不看月娘，也不说话。

"小草呀，"月娘摇着她，"你知道吗？你这个样子，真让老爷和太太痛彻心扉呀！以前他们没有承认你，没有收留你，实在因为那天的场面太悲惨了呀！孩子啊，你不可以这样记仇……你要知道，现在的老爷和太太，是多么后悔，多么渴望你喊他们一声爷爷奶奶呀……"

"我不要听！"小草挣脱了月娘，身子往后一退，"我什么都不要听！""你怎么可以这样呢？"李大海也捉住了小草，"你不认爷爷奶奶，怎么对得起你死去的爹？"

"我不知道！"小草伤心地喊了出来，"你先告诉我，怎样能让我娘认我？我这样一声声喊娘，娘都不认识我！我为什么要认爷爷奶奶？等我娘认识我了，我才要认他们！"

喊完，小草一转身，就又奔回漱兰房里去了。

小草不肯认爷爷奶奶，漱兰不肯认小草，傅家的悲剧，似乎还没有落幕。但是，世纬和青青，已经无暇兼顾小草，离愁别绪，将两人紧紧缠住了。

学校放寒假了。连日来，青青帮着世纬收拾行装。一件件衣服叠进箱子里，一缕缕愁怀也都叠进箱子里。傅家两老和小草，都知道世纬终于要回去了。以前小草总是哭着不许大哥走，但她现在有了漱兰，全心都在漱兰身上。这样也好，可以减轻她的离愁。对于世纬的离去，她只是不住口地说：

"你要发誓，过完年就回来，好不好？你如果不回来，青青该怎么办？学校该怎么办？"

"我跟你发誓，"世纬郑重地说，"我一定回来！过完年就回来！别说青青和学校，就是你和你娘，傅家每个人，绍谦和石榴……这所有所有的人，都牵引着我的心！我一定会回来！"华又琳见归期在即，显得十分兴奋。她自始至终，都是莫测高深的。她参与了傅家许多故事，也和傅家每个人都做了朋友，她最喜欢的人，却是月娘。她对世纬说：

"傅家每个人都有故事，只有月娘的故事，藏在最底层。想想看，这样一个女人！十年间，侍候着瞎眼的女主人，暗恋着暴躁的男主人，最后，心甘情愿地做第二房！仍然忠心如一地，几乎是满足地效忠着傅家！月娘，实在是个奇怪的女人,她把中国传统的美德全部吸收,然后不落痕迹地,一点一滴地释放出来,不知不觉地影响着周围的人。……哦,我佩服月娘!"世纬注视着她,不知道她是不是有言外之意。对华又琳,他真是轻不得重不得,简直不知怎样是好。但是,又琳这番话,却使他心有戚戚焉。事实上,和华又琳相处越久,他就发现她的优点越多。除美丽大方之外,她还有透彻的观察力,深刻的领悟力。这样敏感的女子,怎会对青青的存在这样淡然处之?简直是不可解!

"又琳,"他忍不住诚挚地开了口,"你这么纤细,这么聪明,又这么解人……你对我,一定了解了很多很多。这些日子来,我们卷在傅家的故事里,几乎没有时间面对自己的故事。现在,我们要回到北京,要面对双方的父母,你心里,到底有什么打算呢?""你呢?"她反问,灼灼逼人地盯着他,"你又有什么打算呢?""我……"他欲言又止,"我真的是好为难!"

"你为难,因为你想逃掉我这门亲,却又怕伤了我的自尊,违背了你的爹娘?"她率直地问了出来,立刻,她就笑了,"何世纬,你知道你这个人的问题出在哪里吗,你连独善其身的本领都没有,你却想兼善天下!你不想伤害任何人,却往往伤了每个人!你要顾全大局,却会顾此失彼!小心小心,何世纬,你一个处置不当,就会变成孤家寡人哟!"

世纬怔了怔。"你的意思是……"他很糊涂,弄不清楚状况。

"我的意思是……"她很快地打断他,"现在说任何话都太早，我们要结伴回北京，这漫长的旅途，我不想跟你弄成红眉毛绿眼睛的！你放心，我绝不是纠缠不清的人，但是，我华又琳要的东西，我也不会轻易放掉！至于你是不是我要的，还尚待考验呢！总之，我们的婚事，不妨到北京再说！"

这次谈话，就这样结束了。世纬发现，他拿所有的人都有办法，就是拿华又琳，一点办法都没有。

这天，已是岁尽冬残，天气好冷。小草和朱嫂，一边一个，扶着漱兰去花园里晒太阳。这天的漱兰精神很好，眼睛骨碌碌地东转西转，对周围的事物，显得十分好奇。

"娘，你累不累，要不要坐下来歇会儿？"小草问。

漱兰低头看着小草，这些日子来，她已习惯了小草。她的神志，仍然飘荡在一个不为人知的世界里，但她熟悉了小草的声音，小草的笑容，小草温暖的拥抱，和小草的热情。她低头看着她。一阵风过，小草额前的刘海飘拂着，她伸手去抚摸那刘海，这一抚摸，就发现小草额前被撞伤后留下的疤痕。她急忙蹲下身子，对那早已愈合的疤痕拼命吹气，用手拼命去揉着："怎么受伤了？"她问，"痛不痛？痛不痛？我给你吹吹，吹吹就不痛了！"小草太感动了，热泪全往心里涌去。

"外婆！"她激动地喊，"娘，她会心疼我了！"

朱嫂看着她们两个，深深为之动容。

漱兰吹完了，站起身子，忽然又解下自己的围巾，给小草围在头上，她围了个乱七八糟，差点把小草窒息了，小草却站着，动也不敢动。"风吹头，会受凉的！"她说，"围巾给你！把头包起来！不要受凉了！"小草把围巾拉下去一点，露出嘴来，又喜悦地喊：

"外婆！娘，她会照顾我了！"

"手套手套！"漱兰扯着自己的手套，"手套也给你！来！戴手套……"小草握住了漱兰忙乱的手，抬起头来，她满眼闪着光彩，注视着漱兰，用充满渴盼的声音，问：

"娘，你这么疼我，你知不知道我是谁呢？"

漱兰羞涩地笑了笑。"你是小草……"她慢吞吞地说。

小草一颗心提到了喉咙口，眼睛瞪得好大好大。朱嫂用手一把蒙住嘴，几乎哭出声音来。孰料，漱兰却继续说了下去："我也有一个小草，只有这么大！"她比了比大小，就着急地回头看，"小草会不会哭啊？她一个人在房间里，怎么办啊？"小草好生失望，眼泪就掉了下来。

"娘，"她悲哀地说，"我要对你说多少次，你才能明白，我就是你的小草呢？"漱兰见小草哭了，就急急地去揉她的手和胳臂：

"还冷啊？是不是？"她问，一急之下，把自己的棉袄也脱了下来，直往小草身上包过去，"穿棉袄，穿了棉袄就不冷了！不哭不哭，不哭不哭……"她蹲下身子，去给她拭泪，手忙脚乱地，棉袄也掉到地下去了。

小草见漱兰这样照顾自己，一时间，热情奔放，无法自已，她紧紧地把漱兰一把抱住，激动地说：

"我不冷了！我好暖和好暖和，娘！虽然你还是搞不清楚我是谁，不知道我就是你真正的女儿，可是看到你这样子关心我，心疼我，我心里面就觉得很温暖，很有希望。我相信你总有一天会认得我的，我不急，我可以等！娘，我们一起等吧！"朱嫂站在一边，早已泪痕满面了。此时，振廷、静芝、月娘、世纬、青青等一行人，从回廊下面走了过来。

"小草啊，"静芝颤声说，"你娘虽然心里还是不清不楚，但是，她已经接纳你了。你呢？你要多久，才能接纳我们两个呢？"小草低下头去，默然不语。

漱兰的注意力，被静芝吸引了。见静芝佝偻着背脊，颤巍巍地走来，她立刻防备地后退了一步。眨了眨眼睛，她再看静芝，发现静芝在寒风中瑟瑟发抖。她微微地怔了怔，就跑了过去，拾起地上的棉袄，很快地给静芝披上肩头，嘴里叽叽咕咕地说："穿上穿上，不能受凉，受了凉会咳嗽！赶快穿上！穿上就不会发抖了！"静芝整个人愣在那儿，震动得无以复加。这是漱兰首次对外界表现出温情。静芝用手紧紧攥着棉袄，注视着形容憔悴的漱兰，眼中逐渐凝聚了泪。她点点头，用充满感性的声音，说了三个字："媳妇儿！"

这声"媳妇儿"，经过了漫长的十余年，总算叫对了人。朱嫂被这三个字震动了，扶着漱兰，她心中翻腾着酸甜苦辣各种情绪，使她完全无法言语。小草仰着头，用无比期望的眼神，凝视着漱兰。希望这三个字能使她有所醒觉。但是，漱兰无反应，带着个痴痴傻傻的笑，注视着天空中一只飞去的鸟，神思恍惚地说："鸟、鸟……春眠不觉晓，处处闻啼鸟！"原来，她在背诵元凯教她念过的诗！振廷站在那儿，呆呆地看着这一幕。在他眼前，有四个女人：心力交瘁的朱嫂，饱受折磨的静芝，神志不清的漱兰，和尝尽苦难的小草。他在刹那间就情怀激荡，热血沸腾了。他向这四个女人伸出手去，哀恳般地喊着：

"我们是一家人呀！本来该亲亲爱爱地生活在一起，享尽人世间的温暖和幸福！是我的固执和偏见，我的错误，造成这么多的悲哀和伤害，这么多的生离和死别！这些都是我的错！我对不起你们呀！朱嫂、静芝、漱兰、小草！请你们原谅我吧！"朱嫂落下泪来。静芝握住了振廷伸出来的手，激动地喊了出来："振廷，你受的煎熬，不会比我们任何一个人少！我……已经原谅你了！但是，小草……她不肯原谅我们啊！"

小草抬起满是泪痕的脸，情绪激动到了极点，张开嘴来，她想喊，却喊不出声音。世纬和青青站在回廊下，此时已忍耐不住，世纬冲口而出地说：

"喊啊！小草！你想喊什么？喊出口来呀！""是啊！"青青迫切地接了口，"那个跟着我流浪的小草，是个好心肠的女孩儿，不会这么狠心的！"

小草回头，看着世纬和青青，她向他们两个人奔过来，求助似的喊："大哥……""不要叫我大哥！"世纬把她推了开去，"现在叫得如此亲热，说不定有一天，心狠下来谁也不认！"

小草被世纬这样一推拒，大受伤害，惊慌失措，她转向了青青，去抓青青的手："青青！"青青和世纬交换了一个眼光，立刻甩掉了小草的手。

179

"不要到我身上来找安慰,我和你大哥一样,在生你的气!"小草急坏了。"你们为什么这么凶嘛?为什么要生我的气嘛?"

"哦!我已经憋得够久了!"世纬大声说,"打从身世一说穿,你不肯认爷爷奶奶,那时候我就想骂人了!可是不忍心,舍不得,而且我相信以你的聪明解事,自然会渐渐觉悟,谁知道你始终是这个样子,怎么能让我不生气?你变得这么残忍,这么狠心,简直让我对你失望透了!"

漱兰被世纬的声色俱厉惊动了,她瑟缩地往后退,非常害怕地说:"娘!我们回家去吧!"她扯着朱嫂的衣袖,"走吧!娘,咱们快走!"小草回身,抱住了漱兰。"这里就是家了!"她大喊着,哭着,"娘,你,我,和外婆,都已经有家了!我们再也不走了!"她一抬头,对振廷和静芝,哀声地喊出来:"爷爷!奶奶!我是爱你们的呀!我虽然不开口喊,可我是爱你们的呀!爷爷,奶奶啊!"

振廷冲过去,把小草拥入怀里,顿时老泪纵横。

"孩子啊!"他喊着,"你这一声叫得艰难,我们也听得可贵呀!"祖孙五人,终于紧拥在一起了。漱兰虽然有些瑟缩,但是,被小草那样热烈地挽着,她也就柔顺地接受了。

世纬和青青,安慰地互视了一眼,两人眼里都漾着泪,两人也都微笑起来。

第二十二章

终于到了离别的前一晚,世纬和青青,真有说不完的离愁别绪。青青拿了一个荷包,上面绑着红绳子,举起来给世纬看:"我给你做了一个荷包,我要你贴身戴着,就像小草戴着她的荷包一样!""里面有东西吗?"世纬问。

"有!"青青打开荷包,倒出里面的东西,一条金链子,一副金耳环,一个金手镯,还有一张平安符,"这个平安符,是我去大明寺为你请来的,你随身戴着,让神明保佑你平安地去,平安地回来!这些首饰,你记得吗?我们第一次见面的时候,我曾经拿这些东西向你当当,这是我仅有的一些首饰,那天你不肯当,这些东西就一直在我身边!"

第一次见面!奔驰的马车,追来的人群,新嫁娘装束的青青,叽叽呱呱的小草,要当当的首饰……一时间,旧时往日,如在目前。相遇那一天,好像还是昨天一样,怎么倏忽之间,就要离别了呢?世纬真是愁肠百折。

"青青，"他握住青青的手，"这是你全部的家当，你不留在身边，给我干什么？""你这一路上，又是船，又是车，中间有一段还要走路……你在立志小学教书，没有什么薪水，那个华……华又琳身上有没有钱，也搞不清楚，即使有，你也不好用她的。虽然老爷给了你一些盘缠，你推三阻四，只拿了一半。我想，万一你在路上缺钱用，岂不是糟糕，所以，这个给你藏在身上，有需要的时候，卖了它好应急！"

世纬又感动又激动："这万万不可！""你别'万万'不可了！"青青急了，"我是'万万万'要给你的！'万万万万'要给你的！我在傅家庄，有老爷、婆婆、月娘照顾着，不缺茶不缺水，你出门在外，谁来照顾你？"

"好好好，我收，我收着！"世纬连忙说，"你不要急！让我贴身放着，反正过完年就回来了！让它成为我带走的一件信物。我带走了它，必然要带回它！带回它，连同我自己，一起交还给你！""你说的！"青青感动至极地喊，"这是你说的！说过的话，不能赖也不能忘的！""不会赖，也不会忘！"世纬解开领口的扣子，把荷包挂在脖子上，塞进衣服，贴身放好，用手紧紧地压在胸口的荷包上，"这是一个好沉重的荷包，这也是一份最甜蜜的负荷！青青，让我再告诉你一次，短暂的离别，只为了长久的相聚！让我们一起来忍受这种痛苦，你知道，煎熬越多，痛苦越深，将来的甜蜜和欢乐也就越多！"

"可是，"青青担忧极了，"你这一路上，和华……华又琳在一起，只怕你就会……你就会……""你以为我是见异思迁的人吗?"

"不是的!"青青喊,"回到北京,你要面对好多好多问题呀!你爹你娘,他们不会轻易放过你的!你出来了快一年才回去,总不能一回家就和爹娘闹革命,所以……我要告诉你的是:如果你有什么不得已的决定,我会……我会心甘情愿地接纳,我会的!我会的!"

"青青!"世纬震动地说,"把北京留给我吧!让我去面对那一切吧!你只要等着,等我拿答案来面对你吧!反正,你心里要说的话,我都懂了,全懂了!"

"你一定要尽早回来呀!"青青千叮咛,万嘱咐,"我会一天天数日子的!""我也会一天天数日子的!"

两人真是"剪不断,理还乱",难舍难分。就在这时候,华又琳敲敲房门,走进来了。

"世纬、青青,"她笑嘻嘻地说,"我不耽误你们两个话别的时间,讲几句话,我就走!月娘给咱们北京两家长辈,带了好多吃的喝的,我还没收拾好行李呢!"她从怀里摸出一张十行信纸,上面洋洋洒洒地写了好多字。她把信纸交给世纬:"我把你这大半年来的所行所为,归纳出十大罪状,写出来给你看看!""十大罪状?"世纬错愕地说,接过信笺,"你准备回北京,跟我算账吗?""是啊!总要给我爹娘,和你爹娘一篇报告,这就是我的报告!你不妨念出来给青青听一听,看有没有冤枉你的地方?"

世纬打开信纸,念了出来:"一、任性而为,不顾父母。二、患得患失,举棋不定。三、随波逐流,随遇而安。四、顾此失彼，优柔寡断。五、自命风流，到处留情。六、将错就错，当断不断。七、拖拖拉拉，牵牵绊绊。八、不曾自扫门前雪，管尽他人瓦上霜。九、理不直偏偏气儿壮，心不正所以影儿斜。十、经常乱发恻隐之心，随时陷入困兽之斗。结论：匹夫之勇，自不量力，误己误人，罪莫大焉。"世纬念完，抬起头来看着华又琳，心里涌上一阵啼笑皆非的感觉。但是，对于这"十大罪状"，竟有些知遇之感。尤其第十条"经常乱发恻隐之心，随时陷入困兽之斗"，把他个性上的缺点，简直是一针见血地揭露出来。至于"理不直偏偏气儿壮，心不正所以影儿斜"，就有点"欲加之罪，何患无辞"了。他瞪着华又琳，又皱眉又瞪眼，最后，却失笑了。"好，"他认罪地说，"我有十大罪状，怎样呢？"

"是啊！"青青着急地接话，她对这"十大罪状"，实在听得糊里糊涂，却生怕这些"罪名"，让世纬回到北京之后，没有好日子过，"你收集了这些罪名，要做什么呢？"

"我要做什么吗？"华又琳看看世纬，就掉转目光盯着青青，"我说过，我要给这个人打一打分数。现在，我终于把分数打出来了！青青，我告诉你，何世纬在我的评分下，是根本不及格！"青青绷紧的情绪，骤然放松了。悬在胸中的一块大石头，终于落地。这才明白过来，华又琳在这离别前夕，送来这"十大罪状"，分明是给她的一颗定心丸呀！她目不转睛地看着华又琳，心潮澎湃，说不出自己对她有多么感激。这个华又琳，实在是个奇女子呀！如此高贵，如此聪明，如此潇洒，又如此解人呀！让她和世纬一路同行到北京，希望他们之间,没有故事,没有火花,似乎也是件不太容易的事呢!她刚刚放松的情绪,就又开始紊乱了。

"好了!你们继续话别,我去收拾行李了!"

华又琳翩然而去。青青掉头看世纬,见世纬一脸的佩服与感动,望着华又琳的背影发怔,她就更加心绪如麻了。

第二天,世纬和华又琳动身回北京。

青青、小草、绍谦、绍文、石榴、振廷、静芝、月娘全都到码头上送行。华又琳和世纬好不容易,才跨上了一条小船,这条小船要划到运河中央,把他们送上大船去。所有的旅客,早已陆续上大船了,世纬他们的行李,也早已送上大船了,只有他们两个,因为每个人都有那么多的"叮嘱",所以,是最后送上大船的旅客。两个人站在小船上,还不住地对岸上众人挥手,而岸上的人,一面拼命挥着手,一面开始对世纬喊话。"过了元宵节,你如果还不回来,我就带着青青、石榴、绍文、小草……全体杀到北京去!我是言出必行的!你听到没有?"绍谦喊。"听到了!听到了!"世纬喊着。

"不要忘了我们啊!"绍文挥手大喊。

"一定要回来啊!"小草跳着脚喊。

"到了北京要写信来啊!"静芝喊。

"见到爹娘帮我们问候啊!"振廷喊。

"路上要保重啊!"月娘喊。

"自己照顾自己啊!"石榴喊。

"……"大家你一言,我一语,喊得热烈极了。

大船忽然拉起了汽笛,沉重的汽笛声把所有的喊声都打断了。小船缓缓向大船移去，由于水流的关系，小船沿着岸边划了一段。青青眼看小船将去，心中一急，千言万语，全涌向喉咙口。她身不由己，沿着岸边，追着小船跑了起来。一面跑着，一面疯狂地喊了起来：

"世纬，路上一定要小心，不要跟人打架啊……"

"知道了！回去吧！"世纬拼命挥着手。

"在路上不要管闲事啊……"青青再喊。

"知道了！我有前车之鉴，不会再犯！"

"你的腿受过伤，不要走太多路啊……"

"知道了！""你的棉袄，在蓝色的背包里啊……"

"知道了！""你最爱穿的白毛衣，在红色的箱子里啊……"

"知道了！""早晚天凉，一定要加衣啊……"

"知道了！""回到北京，不要跟你爹娘吵架啊……"

"知道了！""不管是怎样的结果，你一定一定一定……"青青流下泪来，用全力喊出，"要回来啊……"

小船离岸已远，此时，世纬忽然回头，对船夫急急讲了几句话。那小船就掉转了头，又往岸上划回来了。岸上众人还在拼命挥手，见船往回划，人人惊愕。

"忘了一件最重要的事！"世纬对青青喊着。

"怎样了？怎样了？"青青慌乱地问，连忙跑下一段台阶，站在水边上，"所有的东西，都帮你装箱了，忘了什么呢？"

小船往岸边靠近，世纬伸长了手给青青，青青不明就里，也伸长了手给世纬。小船又靠近了一些，两人的手终于接触了。世纬大喊了一声："忘了一个人啊！与其这样牵肠挂肚，不如一起装箱，随我去吧！"他用力一拉，青青身不由己，竟从岸上跳进船里去了。世纬喘着气，热烈地盯着她，毅然决然地说：

"让我们三个，一起去面对我们的问题吧！人生短得很，没有多少时间，让我们浪费在离别上！即使是短暂的离别，我们也免了吧！青青，跟我一起回北京，你盯着我，看着我，免得我在路上，又去捡一个大麻烦小麻烦！"

青青狂喜地抬着头，狂喜地紧盯着世纬，恍然如梦。简直神志都不清了。小船已离开岸边，又往大船的方向划去。世纬抬头，对岸上的人大喊：

"各位，我把青青带走了，过完年以后，我们再一起回来！"

事出仓促，岸上众人太意外了。大家瞪大了眼睛，全呆住了。好些时候，没人说话。然后，绍谦整个人跳了起来，双手握拳，向空中伸出，爆发般地欢呼出声：

"哟呵！何世纬，咱们兄弟一场，只有今天，我对你心服口服！"岸上众人，这才醒悟过来，哗然叫好。挥手的挥手，跳脚的跳脚，喊话的喊话，欢呼的欢呼……一时间，群情激昂。小草疯狂般地跳着，挥舞着双手，喊得喉咙都哑了：

"大哥，青青，你们两个可不能丢掉小草啊！我们三个是在一起，不分开的啊！我会在扬州天天等你们啊！虽然我已经有家了，可我还是爱你们啊……"

小船离岸已远，青青仍然像在梦中一样，完全不能相信这件事实。华又琳看看她，就掉头去看世纬。

"何世纬,我告诉你!"她清清楚楚地说,"昨晚我公布你十大罪状,已经给你评了分数,根本不及格!但是,你刚刚这样伸手一拉,当机立断,拉得太漂亮了!我又把你的不及格跳到了八十分!现在,你及格了!也对了我的胃口了!"

哎呀!不好!青青心中猛地一跳。怎么又及格了呢?这岂不是弄巧成拙?那要怎么办?她心慌意乱地抬眼去看华又琳,只见华又琳含笑而立,衣袂翩然,一副胸有成竹的样子。她实在弄不清楚华又琳这个人。但是,她也顾不得华又琳了,见岸上诸人,越来越小,她终于体会到,自己将随世纬一起去了。"再见!再见!"她对岸上挥手,喊着。

"再见!再见!"岸上喊了回来。

忽然间,岸上有一阵骚动。他们定睛看去,只见小虎子带着立志小学的众学童,全赶来了。"何老师!华老师!再见!再见!"孩子们大喊着。

"再见!再见!"他们大喊着。

然后,孩子们齐声唱起歌来了:

我们来自四面八方,欢欢喜喜上呀上学堂,
说不出来心里有多么欢畅,
你是个小小儿郎,我是个小小姑娘,今天高高
　兴兴聚一堂,
最希望,最希望,老师慈爱,笑口常开,
轻言细语如爹娘!
天上白云飘飘荡荡,大地一片绿呀绿苍苍,

老师啊我们爱你地久天长,
　　看江水正悠悠悠,看帆影正长长长,我们排着
　　　队儿把歌唱,
　　真希望,真希望,没有别离,没有悲伤,
　　永远相聚不相忘!

　　华又琳太感动了,泪水终于夺眶而出。她拭去了泪,抬头看着世纬和青青,笑着说:

　　"他们在唱我教的歌。"

　　世纬对她深深地点了点头。

　　"他们爱你!"他说。华又琳也点了点头,十分动容地说:

　　"我爱他们!"想了想,她热情澎湃地再加了一句:"我爱你们!我爱傅家庄的每一个、每一个人!"

　　世纬和青青都震动着,痴痴地看着岸上。

　　孩子们继续唱着歌,大人们继续挥着手。小船,渐渐远去了。人类的故事,永远无休无止。扬州傅家庄的故事,终于告一段落,至于遥远的北京,等着世纬、青青,和华又琳的是什么呢?那,是另外一个故事了——

　　　　　　　　　　——全书完——

　　　　　一九九二年一月八日完稿于台北可园
　　　　　一九九二年一月十七日修正于台北可园